政协委员读书笔记

Zhengxie Weiyuan Dushu Biji

读与思

阎晶明 著

中国文史出版社

作者简介

阎晶明,中国作家协会副主席,十三届全国政协委员。长期从事中国现当代文学研究与评论。出版有《批评的策略》《独白与对话》《我愿小说气势如虹》《鲁迅还在》《鲁迅与陈西滢》《须仰视才见》等十余部。

目　　录

经典再读

艺文之思

读书漫谈

感悟随记

经典再读

何谓经典作家

——以鲁迅为例

经典作家具有很多值得深究的特质，鲁迅身上就很典型、很内在地体现了这些特质。

一是可以让人从一百个方向去探究，而且窥探越多，空间越大，可研究的话题也越多。

经典作家的作品有无穷无尽的阐释空间，他们的人生经历一样让人评说不已。经典作家身上往往有很多谜局，很多未知的、有争议的、不可考的内容诱人深入，但这种不可考、有争议是自然形成的，有如宿命般的结果，不是同时代的哪些人刻意炒作出来的。如荷马、但丁、莎士比亚、孔子、曹雪芹等，都是如此，他们的身世本身就有很多值得深究的地方。"说不尽的莎士比亚"就含有这样的意味。恰恰是这些谜一般的人物，写出了最伟大的作品。

鲁迅的一生中，也有很多纠缠不清的谜局让人费解。如鲁迅与周作人的兄弟失和，鲁迅与陈西滢、梁实秋、高长虹等人的恩怨论争，鲁迅与朱安的婚姻，等等。当然，鲁迅的弃医从文，参与过的各种社会活动，他的思想历程，更是值得研究和探讨的话题。现代以来，还没有一个中国作家具有这样的复杂性。当然也正因为是鲁迅,他的心路历程才会让人津津乐道,追踪不已。

二是经典作家的创作,对自己所属的国家、民族,对自己所处的时代具有强烈的责任感。所有的经典作家,都是自己时代的书写者,只有把他所处的时代写好了,才有可能流传下来,才有可能具有永恒价值。鲁迅的创作很重要的一条,就是他始终遵时代之命,充满了使命感与责任感。鲁迅的文字充满了对自己所处时代的深刻理解,同时又充满了对未来的殷切希望和对现实的无情剖析,包括对自己的无情解剖。鲁迅是最自觉地按照时代的要求进行创作的作家,呼应着时代发展和进步的要求。从辛亥革命到五四运动,一批又一批仁人志士,一方面要完成政治革命,另一方面要把大众的精神从旧的束缚中拯救出来,解脱出来。鲁迅的小说,描写了旧体制对人的压迫,他批判国民性中的奴性与软弱,但也时刻铭记着文学要给人以希望和力量。

三是经典作家必须在艺术上代表一个时代的文学高峰。鲁迅的高度,他的作品,以及他的精神高度,就是中国新文学的高峰。鲁迅既是一名思想上的先觉者,也是一名实践上的先行者。1918 年,鲁迅发表了中国现代文学史上第一部现代小说《狂人日记》,小说的主题是批判性的,在写法上使用了白话文,艺术上充满了抒情性、象征性,开创了完全意义上的中国现代小说先河。鲁迅是杂文文体的开创者和集大成者,对现实的批判,类型化的描写,讽刺的笔法,成了后来者的范本。鲁迅还是中国现代散文诗的拓荒者,《野草》在一定程度上达到了散文诗的最高境界。后人再写散文诗,在很大程度上都是对《野草》的致敬,是对其或直接或间接的摹写。

鲁迅不仅是一位优秀的作家,还是一位杰出的翻译家,鲁迅翻译作品的文字量也几近于他创作的文字量。鲁迅还是一位文学编辑，主持出版过很多文学刊物和丛书，也支持和帮助过很多青年写作者。鲁迅对古典文学深有研究，大如写出了《中国小说史略》，小如花十一年时间整理和抄录了《嵇康集》。鲁迅对多种艺术颇具造诣，深有研究。他是公认的中国现代木刻运动的倡导者，在美术上做出了独特贡献。他还是一位艺术设计师，从校徽到图书，留下了宝贵的遗产。

真正的经典不会被撼动

　　一个民族伟大的经典作家，需要人们敬仰，更需要有人不懈地以专业的精神和专业的水准去阐释和挖掘，使经典作家的思想、精神及艺术光彩能够随着时代的发展而始终熠熠生辉。这种专业的研究其实就大多数研究者而言，并不能得到多少实际的"好处"，反而让人产生一种"飞蛾投火"般的悲壮感。对一个国家和一个民族的文化而言，这样的人和这样的精神是必须要有的。

　　自上世纪90年代以来，关于鲁迅的议论从来没有停歇过。这种议论很多时候是无谓的纷争，也或者是刻意地对鲁迅的拉低。有过与鲁迅"断裂"说，有过将鲁迅作品从语文教材里大幅减少说，有过关于鲁迅的各种传闻八卦说，在这样的纷纷扰扰中，鲁迅研究者艰难地前行着，"吃鲁迅饭"也成了这些"从业者"背负的"因袭的重担"。鲁迅研究者的身份受到了质疑。

　　在鲁迅身上赋予太多文学之外的因素，招致不少人刻意的议论，并将之说成是让鲁迅"走下神坛"。然而另一种情形也并不让人乐观，即很多人把鲁迅只是看作作家，凡若不读文学，即有理由不问鲁迅。鲁迅作为民族精神之魂，远未深入人心。

　　我还记得，十多年前参加一个图书项目评审，有人对出版鲁迅辞典的项目提出质疑，理由是鲁迅不过是一个作家，为一个作家编辑辞典有何必要。我却认为，外国人可以为一本经典书籍编辑辞典，可以为一个作家如莎士比亚编辑辞典，我们为什么不能为鲁迅编辑辞典？这册厚重的《鲁迅大辞典》后来也成了我书桌上从未移开的工具书。文化界的认识尚且如此，鲁迅在当代社会生活中的影响力就更值得探讨了。

　　1936年10月鲁迅逝世，同时代作家郁达夫在缅怀文章《怀鲁迅》里，就有这样评价鲁迅且论及国人应当如何对待鲁迅的名言："没有伟大的人物出现的民族，是世界上最可怜的生物之群；有了伟大的人物，而不知拥护、爱戴、崇仰的国家，是没有希望的奴隶之邦。"

　　作家叶圣陶的悼念文章《鲁迅先生的精神》表达了同样的认知："与其说鲁迅先生的精神不死，不如说鲁迅先生的精神正在发荣滋长，播散到大众的心里。而这个，就是中华民族解放终于能够成功的凭证。"

　　今天，鲁迅在中国现代文化中的地位越来越被世人所认可，鲁迅作品是当代中国人阅读中持续不减的重点。鲁迅的创作、翻译、学术成就是中国现代文学的高峰，其价值和分量正被人们深刻认知，鲁迅的精神和思想，他对提升民族性格的自觉努力，越来越成为当代中国文化建设中的重要支撑和动力源泉，这是令人欣慰的。

"民族魂"的象征

——在鲁迅墓前的发言

八十四年前的这一天，10 月 19 日，鲁迅在上海逝世。近万名普通民众加入送别的行列里，这是中国人民崇敬鲁迅的最好证明；那一次送行，也赠予了鲁迅最崇高的荣誉："民族魂。"八十四年来，对鲁迅的研究和评说从来没有中断，但也许我们应该提问一下，鲁迅作为现代中国的精神象征、思想力量的源泉，我们是否在形象塑造和阐释弘扬上已经真正完成。

鲁迅的最高理想，是中华民族从国力到精神的全面崛起。为了这一理想，他愿意以文艺的力量提供最大限度的光亮和温暖。他从事创作，不是为了要成为一个文学家，而是为了唤醒国人的精神，提振国人的灵魂。

鲁迅坚信，文艺是国民精神所发的火光，同时也是引导国民精神的灯火。但他也曾有过对自己作品的看轻，甚至对文学本身的怀疑，然而这种看轻和怀疑之情的表达，不是出于个人功名大小的私心、得失多少的计算，甚至，也不是为自己作品能否进入艺术殿堂焦虑，而是更急切、更深沉地思考着，文艺究竟在多大程度上可以为民族的觉醒和奋起提供光和热。他笔下所揭露和批判的，所无情解剖和深重忧虑的，都与此密切相关。为此，他完全愿意让自己的文章连同所揭示的弊端一起消失。他是一个追求文学的社会作用、精神力量，从而始终拒绝象牙塔里的写作趣味的文学家。

鲁迅在世时所遭遇的有恶意的攻击和无恶意的误解，激烈的论争和更多的隐忍，大多和根本上源于这种一以贯之的文学观。他灵魂深处为自己的国家、民族所付出的努力，并没有得到完全的同步理解，甚至包括他在艺术上的现代性探索，也没有被完全认同。鲁迅复杂的哲学观念与他始终秉持的家国情怀之间，既有矛盾、纠葛，更是一种并存、融合，因此造成创作上的多样化艺术色彩。他参与中国革命的众多实践，他对世人，尤其是青年的无条件又有原则的关心、支持，一个世纪以来的研究和评说始终充满不同的声音，一直是在争论、撕扯的话题。神话鲁迅，污名化鲁迅，碎片化、八卦式误读鲁迅，此起彼伏，莫衷一是。网络化的环境下，这种情形甚至有愈演愈烈之势。

如何在多侧面的描述中塑造出完整的鲁迅形象，这是我们共同肩负的文化责任。鲁迅的文学，从来没有离开他所处的社会和时代，鲁迅研究也不应该成为书斋里自说自话的学问。从这个意义上讲，鲁迅研究仍然具有无限的潜力，鲁迅的资源既需要不断挖掘，更需要向社会广泛传播。如此，我们的纪念和缅怀，才会让一位伟大的逝者得以真正的安息。

2020 年 10 月 19 日

抗疫背景下再谈鲁迅精神

/

今天是 10 月 19 日，鲁迅先生的逝世纪念日，我从周令飞先生那里知道，过去三年来以及今后的每一年，凡在这一天，鲁迅公园里的鲁迅墓前，都会举办像我们刚刚经历过的公众祭扫活动。鲁迅是伟大的文学家，我们对他的最好纪念，当然是阅读他的作品，理解他的思想。不过在今天，我也特别想强调，公众祭扫，包括宣读祭文、在鲁迅墓前献花这些庄重肃穆、仪式感很强的活动，非常必要，非常重要。它让人更加深切地感受到鲁迅还在我们中间，还在中国人民的心中。非常希望这样的活动一直开展下去。祭扫活动之后，我们召开一个主题研讨会，研讨会的主题是对鲁迅精神的探讨、继承、弘扬，这也是一个非常好的举措。在这里，我愿意就本次会议确定的议题——抗疫背景下的鲁迅精神，发表一点感言。

今天，我们站在这里举行这个研讨会，这本身就是一件值得欣慰的事情。试想，如果时间推前三个月，这样的研讨会即使在上海，也是不可能举办的。三个月后的今天，如果不是在中国，而是在世界上其他某个国家，这样的研讨会能否举办也是要打上问号的。今年以来，我们经历了非常不平凡的春天、夏天和秋天。到现在为止，我们可以这样说，中国的抗疫取得了决定性的战略成果。世界上人口最多的中国，无疑是疫情控制最好的国家。而在世界其他地方，包括欧美等发达国家，仍然面临着疫情无法真正控制的困境。即使是发达国家，包括人口较少的发达国家难以办到的事情，中国办到了，我们很好地控制了疫情，我们可以相对放心地外出活动了。这种放心，既包括环境的安全，也包括我们对政府的信心、对全社会防疫能力的信心。

如果历史回溯一百二十年，那时的中国和世界之间，尤其是与欧美以及日本之间有着巨大差距，我们怎么能不发出格外的感慨。差不多是在一百二十年前，鲁迅到日本去留学。他在仙台医专学医的目的，就是要通过学习先进的医疗来拯救像他父亲那样不幸的、被疾病所折磨、被庸医所害的人们。然而，在那里，他却经历了非比寻常的精神上的刺激。

青年鲁迅本来是有很好的学医条件。在仙台医专，他差不多是唯一的中国留学生，与一百多名日本学生在一起，用日语学习医学。一次考试中，在一百四十多名学生当中，鲁迅获得了第六十八名的良好成绩。这在当时还引起不少日本学生的嫉妒和仇恨，他们甚至造出了藤野严九郎先生把考题透露给鲁迅的谣言，这就是所谓的"漏题事件"。然而谣言不攻自破，因为在鲁迅的各科成绩当中，唯一一门不及格的打了五十九分的课程，正是藤野先生所教授的解剖学。

尽管在学医上面并不差，但是鲁迅最后还是放弃了医学，这就是人所共知的"弃医从文"。鲁迅观看了一个幻灯片，那是日俄战争当中日方作为战胜者，将透露给俄国人情报的中国人抓来砍头。这本身就让一个孤独的中国留学生内心产生极度的痛楚。更让他痛苦的,是他从幻灯片上看到更多的同胞,却看戏般地在围观这一杀人场景。当日本学生欢呼雀跃时,鲁迅的内心是多么痛苦。于是他悟到,凡是愚弱的国民,即使体魄再强壮也是没有用的,首要的是要拯救他们的精神。而那时,他认为拯救精神的最好途径就是文艺。

这是一个人所共知的故事。而我这里想强调的是,弃医从文并不是一个临时的决定,也不是一次观影的刺激导致的结果,在鲁迅的心中,还有其他因素促成这个结果。幻灯片,实际上是一个导火索。鲁迅到仙台留学时,正逢日本战胜俄国的消息传来,只有十万居民的仙台一片沸腾,人们上街游行庆祝。对于青年鲁迅来说,此情此景不禁让他联想到自己积贫积弱的祖国,也想到一盘散沙的国民状态。两相比较,真是莫名地难过。

在仙台期间,鲁迅还遇到了日本东北部大旱。很多人的基本温饱也成了问题。而鲁迅所看到的,是日本政府和有关机构对灾民的及时救助,充足的粮食送到了灾区。这也让他联想到了自己的国家。

这样的感受不独属于鲁迅,我从严安生的《灵台无计逃神矢:近代中国人留日精神史》一书中,读到太多留日中国青年类似的精神痛苦和苦恼。对鲁迅那一代留学日本的青年学生来说,这种感受是非常复杂的。在日本面前,中国是文化上的母国,日本是中国的文化附属国。同时,由于中国在甲午战争中的失败,日本又变成了一个敌国。一群来自文化母国的人,向文化附属国,同时也是军事上的敌国且是战胜国来学习,这本身就是一种屈辱。而且他们也分明看到了这种天上地下般的差距,怎能不引发心中的家国情怀?鲁迅此后所有的努力，就是要通过自己的笔，通过自己的实践，来唤醒国民的精神，拯救他们的灵魂，让这个国家的人们可以凝聚起来，为了民族的复兴和国家的富强独立去奋斗。

所以说，弃医从文绝不是一种职业的选择，而是一种国家民族意识的觉醒，一种使命、责任、担当必然会导致的抉择。多年后，在文学上成名的鲁迅，并没有为自己的名誉地位感到一时甚至一丝的骄傲，而事实上，他有时还会发出对文学本身的质疑。这种质疑最根本的原因，实际上就是他所思考的所追求的根源。他的理想，超出一个作家在创作上的目标。

2

一直到 1936 年去世，鲁迅并没有看到这个国家呈现出他心目中的理想的情景。到了今天，2020 年，当中国人民在中国共产党的领导下，在抗击新冠肺炎疫情取得重大战略成果的时刻，反观世界其他国家，我们可以说，鲁迅所理想的中国正在呈现。这次抗击疫情期间，我们所坚持的是"坚定信心，同舟共济，科学防治，精准施策"十六字方针，可以说，今天的抗疫成果，就是这十六字方针的重要体现。坚定信心，同舟共济，是举国上下团结一致，从精神上强大起来的凝练表达，一百年前鲁迅在日本所希望然而又无法看到的情景，在今天应该说很大程度上实现了。

与此同时，在科学防治和精准施策方面，作为学医者出身的鲁迅，也是有颇多的感受和专业的能力。尽管他后来弃医从文了，在医学方面其实并没有完全放弃。1909 年，鲁迅回国后，曾在杭州两级师范学校教书，他所教的课程里有一门就叫"生理学"。鲁迅亲自撰写并且绘图，写了一本非常专业的生理学讲义。我们重读这部讲义就会发现，其中就有专门的讲述防疫的章节，而那些关于防疫的论述，即使放在今天，也是有启示意义的。

这部十万字的讲义，足可见出鲁迅在医学上的功底。在关于呼吸系统的章节里，讲到了肺炎。当时，肺炎，包括肺结核还属于传染性极强的不治之症。这么多年过去了，世界医学取得了太大进步，普通的肺炎，包括肺结核似乎早已被擒服。然而，2020 年的经历告诉我们，病毒会以各种变异的方式侵犯人类，我们面对的难题其实还很多。鲁迅讲义的要点，是强调了肺炎的可传染性以及防疫要点，认为"肺炎为肺泡之发炎，肺结核为腠理之坏灭。究其原因，皆缘病菌，惟肺强固不蒙害。一人之疾，能传于众，故必有唾壶，盛消毒药及水，以贮其痰，使不干燥，否则病菌溷于空气，传于他人"。

教材的最后一节就公共卫生提出建议。其中特别具体地指出传染病防治的举措："关于预防传染病者，为公共卫生首要，凡最险之疾，如霍乱、赤痢、黑疫、痘疮等，时或流行，则当急施遏止及扑灭之术：（一）有人物（当指'人员'和'货物'——本文作者注）自病源地来，则行检疫及消毒；（二）普行洒扫及免疫（如痘）之制；（三）纳病人于一定之医院，病家邻近，当绝交通，而病人所用什物、衣服及输泻品，则并施消毒，此法常用日光蒸汽，或以石炭酸、升汞水及石灰乳洒之。"可见，隔离，甚至"当绝交通"，也是从前就有的防疫必须之策。

这些言论不属于文学，医学上似乎也讲的是常识而已。然而即使在今天，这些常识也不是人人能做到，在当时就可想而知了。这部长期并不被人提起的讲义在今天重读，不能不感慨，鲁迅真的是一个有科学精神、科学态度的文学家。

这就是在抗疫背景下探讨鲁迅精神，我所能想到的一些观点，希望跟大家交流，并请指正。

（本文是 2020 年 10 月 19 日在
上海鲁迅精神研讨会上的发言）

寻访鲁迅在广州的旧址

昨天，11 月 7 日下午，在广州，参观了广州鲁迅纪念馆。这个纪念馆同时也是国民党第一次代表大会的旧址。说到这个大会，是国共第一次合作的见证，同时也是毛泽东等中国共产党人参加的一次国民党代表大会。说到旧址，这里不但是一次会议的旧址，同时也是鲁迅在广州时入住的第一个地方。它曾经是广东贡院，据说是康有为、梁启超活动过的场所。后来成为中山大学的一部分，鲁迅的文章《在钟楼上》就写于此，建筑自然名为钟楼。今天的中山大学校徽，主体图案就是这个黄色的钟楼，可见这栋建筑对于中山大学的标识性。

纪念馆的吴馆长陪同我们参观，并做了热情而专业的讲解。纪念馆虽然规模不大，但展陈内容却很丰富。对 1920 年代广州发生过的重大的政治事件的介绍，作为一种铺垫和背景非常重要。用馆长的话说，这样的展览也是为介绍鲁迅做了重要铺垫。因为鲁迅既是因为身在广州的许广平，也是向往广州风起云涌的革命，故决定从厦门来到这里。

那是 1927 年 1 月 18 日，鲁迅从厦门乘坐"苏州号"轮船来到广州。

鲁迅在广州的住址有两个，一个就是我们正在参观的钟楼，这里既是他工作的地方，同时也是寄居之处。在二楼上，有一个目测四十平米左右的大房间，摆着两张床，呈最远距离的斜对角关系。西南边的是鲁迅的床铺，东北角的床铺，属于鲁迅的好友许寿裳。

鲁迅到广州的当天，曾经在一家小旅馆住过一晚上，19号就搬到了这里，一直住到3月下旬，其后就搬到了另外一个住地白云楼，具体是白云楼7号（类似于今日之单元号）的二楼。白云楼与钟楼的距离很近，大约八百米。

纪念馆展现了鲁迅在广州生活的多个层面。一是入职中山大学并且担任了文学系的系主任兼教务主任。作为教授和主任，用他自己的话说是非常忙碌的。经常要主持会议，并且协调各种事情。但这样的工作也就仅仅维持了不到三个月，然后就辞职了。

二是在广州从事的写作和编辑工作。比如《朝花夕拾》中的多篇散文，散文诗集《野草》里的《题辞》，《故事新编》里最著名的小说《铸剑》（初名《眉间尺》），以及大量的杂文，都写于这里。《野草·题辞》的文末就注有"鲁迅1927年4月26日记于广州之白云楼上"。今天的白云楼还在，且似乎有居民出入的痕迹，但鲁迅所居住的那个单元门是锁着的，二楼的窗户，似乎也是无人看管的打开状态。想想著名的《野草·题辞》就是在这里喷涌而出，真是让人感慨。"当我沉默着的时候，我觉得充实，我将开口，同时感到空虚。"我们只能遥想那种特殊的情景和心境了。

三是鲁迅在广州丰富的生活内容和活动踪迹。虽然短短的八个月零十天，但作为电影迷、美食者、购书者，鲁迅出入了广州的多个场所。特别是鲁迅曾经照相的"艳芳照相馆"，今天还在继续营业。（后据张嘉极主席更正，同名照相馆并不同址。）鲁迅对广东的水果杨桃给予极度赞赏。

1927 年 9 月 27 日，鲁迅与许广平乘"山东号"轮船离开广州，10 月 3 日到达上海。无论如何，因为广州，鲁迅的阅历增添了很多内容和话题，也成为在北上广都居住过的现代文化名人。因为鲁迅的曾经到来，为广州以及中山大学增添了格外的文化内涵。

鲁迅与广州，同样是一个可以无限展开的话题。

重读鲁迅《故乡》点滴

鲁迅故事，肯定要从绍兴讲起，重读他的小说《故乡》就是必然的。

这显然是一篇纪实性极强的小说，无论是家族情形，卖掉房屋迁居北京的关联，还是周作人考证出来的作品中主要人物闰土、杨二嫂等人皆有原型，都可以看出这是一篇散文化、纪实性很强的小说。

这篇众人都耳熟能详的经典，重读之下仍有许多可以玩味的地方。我先记下以下几点：

一、小说中对故乡的感情非常复杂。相对而言，最不能认可的是故乡的人。

开头写的是回到故乡的情景，萧瑟的、阴冷的氛围中，故乡的面貌让人难以接受。但毕竟还写到了记忆中的故乡是美的。"我的故乡好得多了。"本来因为是变卖家产回来的，加上季节的影响，心情并不好，但眼前的和记忆中的故乡是打架的、对立的、冲突的。一待见到母亲之外的故乡人之后，心情则跌落到了最低点。

先是杨二嫂的出场，这位"豆腐西施"不但丑得让"我"认不出来了，她的俗不可耐、刁蛮无理更是让人无法忍受。再等见到心里急切期待的少年朋友闰土,他那变得苍老、卑微的形容,生活之苦重压下彻底无助的灵魂,则让人产生莫名的难过。所以我们看小说里的这句话:"我"要"永别了熟识的老屋,而且远离了熟识的故乡,搬家到我在谋食的异地去"。这里恰恰就没有提到,要告别"我"的故乡的亲人之类。这是与"我"对故乡人的极度失望有关的。

二、小说里的杨二嫂自然是俗不可耐、唯利是图的,简直是连偷带抢的。然而,即使是闰土呢,他也不仅是怯懦、卑微。事实上,在生活的困苦面前,他一样对可能获得的利益充满了期待。无论是桌椅还是碗盘,甚至是草灰,他样样都主动提出要带走。小说还特别写道,杨二嫂从灰堆里掏出了十多个碗碟,她认定这是闰土故意埋在里边,想要一起搬走的。她以这个举报为理由,又顺走了一件器物。但小说并没有明确指出这些碗碟究竟是怎样被埋在灰堆里的,小说中的"我"并没有就此反驳杨二嫂诬蔑了闰土。日本学者滕井省三就持一说,这些碗碟是闰土的目标。

三、小说中,故乡所有的美好都是记忆中的转述。即使在记忆中,这些美好绝大部分也没有发生过,多是少年闰土向少年的"我"所做的描述。发生在眼前的故事,却都是灰色的、暗淡的、丑恶的、让人悲凉的。

四、"我"在小说里既是故事的中心,更是一个故事的叙述者。然而这个叙述者却经常处于"失语"状态。比如说到故乡:"但让我记起他的美丽,说出他的佳处来却又没有影像,没有言辞了。"见到急待已久的闰土,不但闰土一时慌不择辞,就是"我"也一样失语。"我接着便有许多话想要连珠一般涌出……但又觉得被什么挡着似的,单在脑里面回旋,吐不出口外去。"这很让人想起《野草·题辞》里开头的那句名言："当我沉默着的时候，我觉得充实，我将开口，同时感到空虚。"鲁迅似乎对此有深感受，曾多次表达这样的状态。

五、小说里有些词语的使用很是特别。如"飞出了八岁的侄儿宏儿"，有学者认为，"飞出"是来自日语的影响。其他还有些应属绍兴方言的使用。总之，也是一个看点。

文学影响力究竟有多大

我现在与人谈及文学，总不免为这个职业代言一下谦虚：小行当，小行当！可是我也必须要对自己说，好的文学不但影响人心，而且有时候——曾经——影响甚至改变过很多事物的历史。不用举太大的例子，就以与鲁迅相关的一个小小的例子为证据吧。话说鲁迅少年时，他们家门前街上有两家饭店，一家开在两条街的交叉处街口上，叫姚德兴，生意特别好。好到什么程度呢？据说，绍兴当地有一个风俗，就是客人进来以后鞋底上所带的泥土，店家要把它保存并在厅堂地上堆积起来，以证明自己生意兴隆。而姚德兴没用多久，地上就会堆起一个很大的土堆。而另外一家叫咸亨酒店，位于街的中间地段，即鲁迅家的对面，也是鲁迅家族的人所开。但是咸亨酒店开了大概一年，就因经营不善倒闭了。两家店的情形截然不同。

然而，因为有了小说《孔乙己》，那个首创的咸亨酒店虽然倒闭了，可是历史演进到一百年后的今天，在绍兴，在北京，在上海，在全国各地，不知道有多少家咸亨酒店正在火热开着。而且当年常到咸亨酒店赊账的客人孔乙己的名字，也成了一家酒店的招牌，且名声之大、连锁店之多，甚至盖过了咸亨酒店，有谁能想到呢。到如今，谁还记得那家曾经生意很好的酒店姚德兴呢。你说这不是文学可以翻转、改变历史书写的一个小小证据嘛。

推荐阅读之《萧红书简》

由萧军编注、上海人民出版社 2015 年 5 月出版的《萧红书简》，是一本有故事、有谜团、有学术价值，值得细读的书。

这些书信大多是 1936 年到 1937 年之间，萧红从日本寄回国内给萧军的，而萧军的回信却早已散失。为这份漫长的"两地书"留下了许多缺憾，也带来很多谜团。此书是萧军时隔四十年之后，以回忆的方式进行的注解。应该是以此方式缅怀萧红。非常有趣也非常生动，充满感情，又不失学术价值。

萧红从来是她自己参与的故事里的主角。她未必是众星捧月的才女，却在爱恨中品尝着不确定的命运甚至是以悲苦为主调的滋味。也正因为这五味杂陈，因为这不由自主的悲苦，对萧红个人的魅力及其命运的戏剧性，后世的关注度甚至大于对她文学创作的关注。萧军、聂绀弩、骆宾基等几个围绕在她周围的"老男人"多年后的回忆，打开了故事的多个层面，让萧红的命运感在书中一页页展开。

坦率地说，许鞍华执导的电影《黄金时代》因为故事的长度、讲故事的速度等原因，我并没有能坚持看完，读过这本《萧红书简》，却觉得，这本书就是一部精彩的电影，有意无意中集合而成的多重叙事，就是一种讲故事的极佳方式。

同一般的"书简"最大的不同在于，由于我们读到的大多是萧红单方面的倾诉和表达，另一位书信呼应方萧军的回信大多失传，使萧军变成了一位"倾听者"。

之所以说萧军是倾听者，是因为他虽然无法还原自己的书信，却在时隔四十年之后，于 1978 年整理、重抄这些书信过程中，重温了那段历史，并将自己记忆中的情景、内心的情感及经岁月淘洗过滤后的感受记录下来。作者标明这是对每一封书信的"注释"，但在我们看来，却是一个人内心的独白，是生者与死者的对话，这种对方无法听到的对话相隔了四十年。

书的附录部分同样精彩，聂绀弩的诗文、骆宾基的回忆、萧军本人的记述，共同将一个本来单纯的青春故事，激活出太多的人生况味。

赵树理的启示

赵树理去世五十周年，我以为他的文学成就需要重估，他的创作态度更需阐扬。

赵树理生长在中国山西农村，响应毛泽东《在延安文艺座谈会上的讲话》走上文学创作道路，并在新中国成立后重新回到农村工作、生活、创作，他对生活的了解配得上"深入"这个要求。

赵树理的小说是对他所生活的农村社会的真实描写：社会的巨变，农民当家作主，政策带来的新风貌。他的小说可以说是对一段社会历史的真实记录。

与此同时，我们还应看到，赵树理的"农村题材"小说，既有对新时代农村生活的热情歌颂，也有对农村现实中存在的腐朽势力、落后现象的批评，甚至包含了具体政策在针对性上的偏差、在有效性上的距离。他的《在大连"农村题材短篇小说创作座谈会"上的发言》，所谈的除了小说外，还有对"浮夸风"的批评，反映了农民关于"统购"问题的困惑。这些担忧，不是出于对个人创作的考虑，而是发自内心对农民利益的关心。没有深入生活，不可能掌握如此深刻的问题，没有对农民的深厚感情，也就不可能关心如此"非文学"的话题。

　　赵树理的小说是以大众化、通俗化为标识的，他用农民听得懂的语言写农民感兴趣的故事，讲农民关心的社会问题。他的小说艺术却绝不是"低端"的，他从来不用粗鄙化的语言来显示"民间色彩"，他从来不以高一等的、冷漠的姿态看待农民，他是用朴实的语言在写乡村的故事，热爱与批评、歌赞与担忧在小说里融合着。他的语言艺术，是他长期浸润于农村生活的结果，走马观花的创作者不可能学得到。正如他自己所说："我的语言是被我的出身所决定的。"他在"说说唱唱"的民间艺术中向农民学习，在同农民的漫谈中感受那些俏皮话，感受那种与土地息息相关的独特而丰富的表达。对他来说，农村绝不仅仅是创作素材的搜集地，而是如鱼得水的栖居地，也是他文学创作得以维系的"语言学校"。

　　当我读到太多用粗鄙的俚语装扮成"土得掉渣"的小说语言，看到太多被过滤成"符号化"的农民形象，读到太多以"底层"或时代落伍者定位、塑造农民形象、讲述农民故事后，总会想到赵树理。今天重提他与深入生活的关系，其实有很多已不可能复制，时代和社会的变迁也决定了文学创作的丰富多彩。

　　值得我们认真思考的，是一个创作者与生活的真正关系，表现生活时的态度与感情，朴素感情与朴实语言再生的可能性，勇敢地直面生活的勇气，热情讴歌时代发展，勇于面对生活中出现的矛盾、问题，发自骨子里的民间气息，烂熟于心的生活语言的运用。从这些层面上讲，经典作家不会过时，因为他们不是用来摹仿和照搬的，而是时时能带给我们启示，同时启示我们用新的创作需求去调整，去借鉴，去创新。

文学就是要让石头说话

我去年在写研究《野草》的专书时，有一个小感触思来想去没往书里写，因为觉得思考不成熟，资料更不占全。但今天想来仍觉有一些道理，不妨写来与众书友交流。

《野草》里有一篇《死火》，写的是"我梦见自己在冰山间奔驰"，在这冰谷中，"我"面对一块"死火"，炎炎的形状，黑烟的痕迹还在上面。其实从矿物学角度讲，这不过是一块石头，化石。然而鲁迅借此展开一场人与石头的对话，最后，"拟人化"的"死火"与"我"一起冲出冰谷，一起粉身碎骨。

让石头说话，这让人想起《红楼梦》。《红楼梦》本来就另有一个书名《石头记》。第一回里，上来就写石头，那是女娲补天遗留下的一块奇石，因为通灵，又因为不被补天者使用，自叹自怨，"日夜悲号惭愧"。最后遇得一僧一道，便对起话来，一段"石头记"从此展开。

无论多么奇幻，说到底，这不过是一种小说家假托式的叙述技巧。我们完全相信，这不过是一种手段，让人间烟火的故事，先天地涂抹上灵性的、奇幻的光泽，而且一切仿佛宿命式地让人知道，小说描写的不过是结局早已注定的过程罢了。

鲁迅的《死火》只不过是几百字的文章，不足以拿来和《红楼梦》比，不过从创作学角度讲，也可说说它们的异同。即都是让石头说话，且都是托梦让石头说话。但鲁迅没有宿命论的暗示，他甚至是让石头以彻底的自我毁灭，给这个遗弃它的世界以最后一击。

再联想，让石头说话，让石头上的文字暗示出人物不可更改的命运，由此展开一段历史风云、人间悲欢，在中国古典小说里还不唯《红楼梦》才有。别的不说，四大名著里，除了《三国演义》，都是以石头开篇。不称奇都不可能。《水浒传》的第一回写了一块石碑，那石碑立于一山中大殿内，背后书有"遇洪而开"四字。正是这四字让洪太尉兴奋不已，非要人掘起石碑探个究竟，结果却引来山崩地裂般的恐怖动静。此后便开始了《水浒传》里的正宗故事。这个猛烈的故事引子，笼罩在故事的外壳，让一切争斗皆与命运有关。

再看《西游记》，仍然只看第一回。上来就写一座山，山上有一块"仙石"。《红楼梦》里的石头会说话，《水浒传》里的石碑能"引爆"，而《西游记》里的仙石却可直接变成活物，这只"石猴""五官俱备，四肢皆全"，"行走跳跃"，引出一连串麻烦，也引出一连串精彩。小说还得意地赋诗夸赞："三阳交泰产群生，仙石胞含日月精。"孙悟空就是这样登场的，他比贾宝玉可能耐太多了。

总之，都是石头惹的祸，也是石头结的果。别的不敢说，我觉得有一点可以探讨一下，有抱负的作家就应该有这样的胆魄：敢于在小说里让石头说话。

当然，石头哪里能左右了人的命运。《红楼梦》里说，女娲氏当年有三万六千五百零一块石头，却偏偏只用三万六千五百块补天，独留一块转世，来到人间乱惹尘埃。可是，女娲即使再加一块石头真能补得了天吗？神话而已。对此，鲁迅的小说《补天》很意味深长地做了描写，诸君不妨去读。

不管怎么样，文学是讲灵性的，而最是冥顽不化的石头，倒常常沾了最大的灵气。真是反其道而用之。

关于 《诗经》 的一点读书体会

国学群讨论《诗经》，专家讲解，颇有启发。借此小热点，又取出钱锺书之《管锥编》，意欲加强。读来亮点颇多，有两点似特别值得记下。

第一是，如何理解诗与诗人？

通常我们会把诗人理解为另类。当文化盛行时，诗人就是先锋、翘楚，弄潮于浪尖之上。若处于物质发展为先、文化形态多样之时，诗人则又会被看成性情怪异、难以合群、不好交道之人。诗呢，也一样，如若在历史转型期、风云震荡期，诗歌就特别突显力量。然而也有时，诗歌很难与时代潮流合拍，并不总被人看好。总之，从事诗歌写作，就不大可能和寻常事物对等。不用说今天，唐朝时的白居易都有诗句曰："生计抛来诗是业，家园忘却酒为乡。"诗与"生计"有对立倾向。

然而，如果回到原点去观察，《诗经》时代的诗，并不那么超拔和另类。《诗经》所记述的，多有劳动生产和人间烟火。它们的叙事性极强，我们以为抒情的，有很多其实就是平实的描述语言，不过因为相隔千年，语言的"陌生化"自带诗意而出。我们能脱口而出的诗句，大多其实是叙事描写。与此同时，还应看到，其实最早的诗歌并不超凡脱俗到成为独立

的语言世界。即使情感表达上，讲究的也不失"中"与
"和"。

《管锥编》解读《诗谱·序》时就强调，"诗者，持也"，
"持人之行，使不失坠"。钱锺书认为，"持人之行"，就是
"自持情性，使喜怒哀乐，合度中节，异乎探喉肆口，直吐快
心"。我们以往所知的"乐而不淫，哀而不伤"，其实都是以
"持"论诗，对其所应持的度进行规约。"诗"，从"言"，从
"寺"，而"寺"即是法度之所在。那么，诗，至少是人们印
象中的诗，又是如何逐渐离开《诗经》的俗事记述、情感表
达上的合理法度，而一路狂奔成一个另类世界的呢？这似乎还
是个没有讨论清楚的问题。

第二，《诗经》中的比兴，所托意象最多的是植物。

《诗经》里，花草树木满眼都是。最著名的如"昔我往
矣，杨柳依依"。那时当然没有任何电子通信设备，人与人之
间寄情，多以天上的月亮、地上的花草树木为依托。凡写柳
树，差不多都是写送客，念久别，怀离人。唐诗里的闺怨诗
"忽见陌头杨柳色，悔教夫婿觅封侯"即是例证之一。钱先生
认为，诗人多写草木，更主要是因为他们常把自己内心之苦、
生计不易、各种失意拿来和草木相比。他们羡慕的是草木之无
情，因为无情，所以不知有苦。所以，诗人自叹"不如草
木"，"此非羡草木长寿，乃自愧'不如'草木无知"。

钱先生继而认为，这种寄托与"自愧"，并不是中国古代
诗人独有，实在也是西方古代诗人也有的认知。他认为浪漫诗
人，通常"初向往儿童，继企羡动物，终尊仰植物"。还引用
席勒的名言为证："草木为汝师。"不管怎么说，《诗经》里多
写植物，既与诗人记农事、写劳动有关，也与他们把终极寄托
赋与草木有关，特别值得玩味。

选择即评价

——读《钱锺书选唐诗》随记

　　"唐诗"，已是一个很有限定的概念，但面对近五万首《全唐诗》，人们仍然有浩如烟海的迷茫。于是，唐诗变成了一个不断被精选的过程。一百首太少，三百首正好。在优中选优与接受者的承受之间，三百首仿佛是一种平衡。这个传统，从孔子选《诗经》即已开始。"诗三百"于是成了某种大概的定量。

　　《钱锺书选唐诗》（人民文学出版社）是 2020 年文学出版中的重要图书。它不但展开了一幅令人感觉新颖的唐诗图景，还让我们从钱锺书基于博学的注释中读出了许多新意。这一著作分上下两册，共选入三百零八位诗人的一千九百九十七首诗歌。所以本书倒不是"三百首"而是"三百诗人"的选本了。据本书编者周绚隆在"出版后记"里介绍，本书是上世纪八九十年代钱锺书先生的"家庭作业"，是由他选注，夫人杨绛抄写，专门送给其女儿钱瑗的"手抄本"，并没有出版打算。杨绛先生还曾专门写过"父选母抄，圆圆留念"的说明。然而由于钱瑗不幸早逝，此抄本后由杨绛先生转赠给吴学昭女士，吴学昭女士认为应该将此珍贵遗产让全社会分享，于是我们有幸读到此书。

我本人对古典文学包括唐诗研习甚浅，完全无力评价选本之优在何处，有何特异之处。但浅学中仍然有些感想，愿与诸位分享。

"文选"是一件大事，凡选本，不可能没有选编者的主观色彩。可以说，选择即评价。我前两年曾读过清人沈德潜选注的《唐诗别裁集》，阅读中发现，唐诗里最多的意象是酒，其次是月亮。酒简直可以说变成了诗下笔的噱头，开篇的引子，表达情绪的"器物"。我还试图将"别裁集"里的"酒"字罗列出来，粗粗分类，也发现有十种以上情绪在其中贯穿，十分有趣。

可我此次读钱锺书的"选唐诗"，刚读到百页，发现"酒"字并不那么频繁出现。这是因为钱锺书先生本人对酒无感吗？但我却读到另一个出现频率很高的字：归。以我才读到十分之一的比例看，"归"字在钱选里的位置，有点"酒"字在沈德潜的《唐诗别裁集》里的意思。

我先将选本前一百页里的"归"列出来，共同欣赏一下。这些诗是从唐明皇到李白二十九位诗人的作品中"不完全统计"出来的（难免疏漏）。

计有：

> 宣宗皇帝：溪涧岂能留得住，终归大海作波涛。
> 章怀太子：三摘犹自可，摘绝抱蔓归。
> 李义府：自怜回雪影，好取洛川归。
> 王　绩：牧人驱犊返，猎马带禽归。
> 宋之问：处处山川同瘴疠，自怜能得几人归。
> 宋之问：但令归有日，不敢恨长沙。

崔　液：犹惜路傍歌舞处，踌蹰相顾不能归。

张若虚：不知乘月几人归，落月摇情满江树。

陶　岘：白发数茎归未得，青山一望计还成。

王　维：斜阳照墟落，穷巷牛羊归。

王　维：当时浣纱伴，莫得同车归。

王　维：五湖三亩宅，万里一归人。

王　维：迢递嵩高下，归来且闭关。

王　维：忽过新丰市，还归细柳营。

崔　颢：那能不相待，独自逆潮归。

刘长卿：柴门闻犬吠，风雪夜归人。

刘长卿：处处蓬蒿遍，归人掩泪看。

孟浩然：时见归村人，沙行渡头歇。

孟浩然：北阙休上书，南山归敝庐。

李　白：戍客望边色，思归多苦颜。

另有与"归"字词义相同或接近的"回"字如下：

王　绩：旅泊多年岁，老去不知回。

张九龄：绣户时双入，华堂日几回。

宋之问：阳月南飞雁，传闻至此回。

杜审言：洛阳钟鼓至，车马系迟回。

贺知章：少小离家老大回，乡音无改鬓毛衰。

王　翰：醉卧沙场君莫笑，古来征战几人回？

以上所记，"归"字共出现二十次，与"归"字同义或近义的"回"字也至少有六次之多。而"酒"字的比例，我没数，但肯定比《唐诗别裁集》要少很多。

　　在全书一千一百五十一个页面中，这一百个页码的"抽样调查"并不能说明全部，但我认为这是一个看点。至少，我们可以从中看出一点钱氏选诗的态度。这里的归，表达的多是欲归、难归、不得归、归来也是一过客。这是一种渴望，也是一种难耐，更是一种无奈。钱锺书选诗，多选离愁别绪，多触漂泊感怀。诗中的"我"，大多是一个欲归不得的游子。这个游子，可不是游吟诗人般的浪漫，多是宦游人、出征人、离人，也有闺中怨妇、孤苦老翁。它们展开了唐诗，也是古代中国诗歌一个重要的情感表达方位，回不去的故乡，见不到的亲人，归来的陌生人。内心的渴望与向往要么得不到，得到了也物是人非，一切都不是从前模样。进而，诗人们惆怅满怀，或做饮者，或做隐人，或成狂士，总之，从人身到灵魂，都是一个个的漂泊者。然而，这些表达中，又绝非虚无，并非出世。他们在此过程中描摹现实，反映时世，关心政治，情系家国，讴歌自然，寄情山水，构成一幅幅立体多重、复杂多元的社会、自然、人情的画卷。

　　这或许就是钱锺书心目中的诗人形象，也是他眼里的唐诗盛景。接下来的一千个页码，肯定还有更加繁盛的诗歌情境值得欣赏。在万花筒纷呈之前，有必要将此一点记下，以为感想。

　　无论如何，我很认真地推荐这本书给各位，共赏之。

美文的读法

——重读钱锺书《宋诗选注》序所思

／ 文学是面多棱镜

我们都知道一个从来不被质疑的说法：文学是反映社会生活的一面镜子。即使我们强调文学对社会生活的反映不是机械式地照搬，而是艺术地、创造性地表现和反映，但对这一道理本身从来不会质疑。恩格斯说，他从巴尔扎克的小说里读到的，比从所有历史学家、社会学家、统计学家那里得到的都要多。这就更能说明文学的力量了。

19 世纪前的经典作家当然只会以文学为主来讲这个道理，搁今天，就应该是文艺了。君不见，现在强调文学艺术，都是影视在前，舞台艺术居中，文学在后了。这个当然无关紧要了，艺术到最后都要成为综合艺术的。今天我们说，制约影视创作的一个重要原因是缺乏好的文学作品，这既可以看作对文学的不满意，也可以看成对文学的倚重。甭管什么艺术，哪怕是相声、小品呢，到最后，好不好还不是说脚本写得怎么样吗。这是题外话，下面书归正传。

文学是反映社会生活的一面镜子，只强调艺术地反映看来还不够，还应该强调，文学是一面多棱镜，不同的文学反映不同的生活侧面，只读一种文学，还不能全面了解某一特定时代的社会生活。这个道理，是我重读钱锺书先生的《宋诗选注》序所得到的启示。

我上大学时就曾读过这篇非常长但特别好读的序言，留下的印象，除了坚信是一篇难得的好文章外，其中的观点，就是记住了钱先生对宋诗总体并不高的评价，他认为宋诗说理太重，情感不足，总体上艺术水平也不高。今天重读，发现这一印象并没记错，序里的确是这么说的。而且还强调了唐时韩愈之诗就说理成分过重。我说我怎么并没读过多少韩愈文章，却对其说理太重有深刻印象呢，原来是钱先生所"赐"。"李杜文章在，光焰万丈长"，的确说理，但又堪称"金句"。

钱锺书在序里特别指出，宋诗在反映当时社会现实时并不全面，折射出的是局部的光影。他指出："宋代的五七言诗虽然真实反映了历史和社会，却没有全部反映出来。有许多情况宋诗里没有描叙，而由宋代其他文体来传真留影。譬如后世哄传的宋江'聚义'那件事，当时的五七言诗里都没有'采著'，而只是通俗小说的题材，像保留在《宣和遗事》前集里那几节，所谓'见于街谈巷语'。"也就是说，宋时引出《水浒传》那样的大事，在宋诗里居然没有"发生"过。"在北宋诗里出现的梁山泊只是宋江'替天行道'以前的梁山泊，是个风光明秀的地区，不像在元明以来的诗里是'好汉'们一度风云聚会的地盘。"原来如此。

这是指大的社会生活，但即使是个人色彩很浓的爱情呢，在宋诗里一样也是"禁区"。序文谈道："宋代五七言诗讲'性理'或'道学'的多得惹厌，而写爱情的少得可怜。宋人在恋爱生活里的悲欢离合不反映在他们的诗里，而常常出现在他们的词里。如范仲淹的诗里一字不涉及儿女私情，而他的《御街行》词"，就有"悱恻缠绵的情调，措词婉约"。钱先生进而指出："据唐宋两代的诗词看来，也许可以说，爱情，尤其是在封建礼教眼开眼闭的监视之下那种公然走私的爱情，从古体诗里差不多全部撤退到近体诗里，又从近体诗里大部分迁移到词里。除掉陆游的几首，宋代数目不多的爱情诗都淡薄、笨拙、套板。"

那也就是说，通过宋代文学了解宋时社会是可以的，但要明白"分工"。最大的"政治事件"之一梁山泊聚义，在话本里，让今人都有点向往的宋时烟火生活，尤其是爱情生活，要到宋词里寻找，而宋诗应和的，是理学。在诗中讲道理，是宋诗的功能。这可是我们想不到的吧。但它一样也是一种生活风尚的折射。

所以我们说，文学是一面镜子，但它是一面多棱镜，"横看成岭侧成峰"，只读一面是不够的。

2 "抄书当作诗"

作为一个学现代文学出身又从事了当代文学评论的人，我的古典文学素养也就是大学二三年级水平，而且大半都还给老师了。去年写完一本关于鲁迅《野草》的小书后，重读了一遍《红楼梦》，觉得收获特别大，但也就此为止了。必须说是政协读书群又激发起了拓展阅读的热情。古典文学成了重要的补课内容。近日重读钱锺书《宋诗选注》序，获得太多知识。昨天借以说明了一个观点。今天不妨再与众书友分享另一观点，也让自己记得更真切、更准确些。反正做的本就是读书笔记类工作。

钱锺书序里还有一个观点。我理解的大意是说，宋诗之所以水平总体不高，因为当时诗人们写诗的态度和风气本身就有问题。他们不尚从生活里寻找素材和资源，反而热衷于跑到故纸堆里寻找写作的灵感、意境甚至句子。这就大大限制了他们的创造性。而且他们明知这一点，却不以为"耻"，反以为"荣"，认为古人的诗里有自己所需要的一切。所谓尚"性理"，讲"道学"，这也是原因之一吧。

钱锺书还引用了毛泽东主席论文艺创作源泉的理论，证明宋代诗人其实是走了错把"流"当成"源"的弯路。进而还中西结合，指出欧洲文艺复兴时期的文学家们，更是毫不隐晦地把古罗马经典视作创作的"唯一源泉"，不惜公然使用"偷窃"的概念来强调这种创作方法。这真是让人大跌眼镜。

然而一旦一种文艺风气形成，置身其中的人很难自觉到这一局限。这也让我想起上世纪80年代，改革开放初期，国门大开，外来风潮云涌，一切都那么新鲜，太让人向往了。西方正典还没读几本，现代派、后现代派、魔幻现实主义，同时涌入，一时成为创作的风潮。很多作家连内容到形式，都热情地投入其中。现在冷静下来一想，那时果真是热闹，令人怀念，但就具体的创作而言，确有模仿过度、生吞活剥、食洋不化之嫌。

宋时诗人那种"要自己的作品能够列在图书馆的书里，就得先把图书馆的书安放在自己的作品里"真是莫大的讽刺，但又是执迷不悟的风尚。钱锺书还举了一个叫陈渊的诗人为例，此人视陶渊明为圣人，看任何事物都只留意符合陶氏境界，以至于对书本的敏感带来了对现实事物的盲点。悲耶？幸耶？

《宋诗选注》一书中，对诗人的介绍也多有这方面的议论。如对著名的寇准，介绍时就说他太过崇尚韦应物。其五言诗句"野水无人渡，孤舟尽日横"，其实就是对韦应物名句"野渡无人舟自横"的扩写。紧接着介绍林逋，又说其深受贾岛的影响。唉，罢了。

宋朝真是让人捉摸不透的朝代。梁山泊聚义、清明上河图、"抄书当作诗"、宋词多婉约，更有豪放在，这一切是怎么捏合到一起的呢？

书友难免会想，你这不也是抄录当作文吗？我只能说，是的。如果允许辩驳一下或自我安慰一下的话，我这本来就是以介绍为主的读书交流。既非诗，也非文，笔记而已。

♪ 集"公""婆"于一身

一个人学问大了，相当于武林里会十八般武艺的高人，炫起技来让人眼花缭乱，啧啧赞叹又无从归纳。比如说钱锺书先生吧，知识太渊博，学问做得太好，一件事情，各种观点都能顾及到，都能说出个长与短。真不是一般人能做到的。似乎是李泽厚有过议论，说钱锺书学问太好，但都零碎用了，没有成为体系。然而这可能就是钱锺书本人所追求的吧。《管锥编》要是教科书，看的人反而少了。

理解这样的学者并非易事。就说这一篇《宋诗选注》序吧，前面刚引用了此一观点，后面又看到钱先生自己在强调另一也许是相反的观点。比如说关于宋诗模仿唐诗故总体上水平不高这一观点，钱锺书其实另有一解。那就是，他认为把宋诗说得不堪，主要是明代文人干的事。"在明代，苏平认为宋人的近体诗只有一首可取，而那一首还有毛病，李攀龙甚至在一部从商周直到本朝诗歌的选本里，把明诗直接唐诗，宋诗半个字也插不进。"一直到晚清才使黄庭坚等宋代诗人身价倍增。钱先生由此得出的结论是："批评该有分寸，不要失掉了适当的比例感。假如宋诗不好，就不用选它，但是选了宋诗并不等于有义务或者权利来把它说成顶好、顶顶好、无双第一，模仿旧社会里商店登广告的方法，害得文学批评里数得清的几个赞美字眼儿加班兼职、力竭声嘶地赶任务。"而且他还断言："整个说来，宋诗的成就在元诗、明诗之上，也超过了清诗。我们可以夸奖这个成就，但是无须夸张、夸大它。"那我们到底是应该"夸奖这个成就"还是对这个朝代的诗并不看好呢，只好到书里去自己找答案了。但是带着问题去读。

从这些描述看，两个相近朝代的人就好像两个相邻地方的人一样，文化上总是一方看不上另一方。虽然前朝基本上没有反驳机会。这是题外话。

一个人学问大了，厉害之处就是敢于去评判一团乱麻的复杂之事。俗话说，清官难断家务事，因为凡事公说公有理，婆说婆有理。而大学问家如钱锺书，则似乎一个人兼是公婆，道理在他一人之手。那他是否断清了如何评价"宋诗"这桩诗史上的"家务事"了呢？至少我们看得很过瘾，也服了。这就很满足。

◢ 文学古董不是古典文学

编选看似简单，实则难度不亚于写文章。选择谁？选哪些作品？这是经常要犯难的。同样的对象，不同人选出来的必然不一样。我曾选编出版过《鲁迅箴言新编》，对比其他版本，还真是差异很大。《钱锺书选唐诗》里，李商隐的选了五十八首，超过了李白。这可能是我们想不到的吧。

选编诗文真的很不容易，严肃认真的学者，既要考虑本时代读者的审美需求，更要统筹所编选对象的客观实情，同时又要体现自己审美上的独特判断。诸种平衡不好掌握。钱锺书在《宋诗选注》的序里就说道："在一切诗选里，老是小家占便宜，那些总共不过保存了几首的小家更占尽了便宜，因为他们只有这点点好东西，可以一股脑儿陈列在橱窗里，读者看了会无限神往，不知道他们的样品就是他们的全部家当。大作家就不然了。在一部总集性质的选本里，我们希望对大诗人能够选到'尝一滴水知大海味'的程度，只担心选择不当，弄得仿佛要求读者从一块砖上看出万里长城的形势！"这真是无奈的事，又要照顾全面而不能任性，又不想平庸至变成玩平衡术。

不过我们可以看到，钱锺书选诗自有其不变的标准。那就是，作品的艺术性要过硬。他特别提出来一个观点：不能把文学古董当作古典文学看待。这一看法十分的值得珍视。为完整理解钱先生观点，不惜把这段话全录于此：

> 当时传诵而现在看不出好处的也不选，这类作品就仿佛走了电的电池，读者的心灵电线也似的跟它们接触，却不能使它们发出旧日的光焰来。我们也没有为了表示自己做过一点发掘工夫，硬把僻冷的东西选进去，把文学古董混在古典文学里。假如僻冷的东西已经僵冷，一丝儿活气也不透，那么顶好让它安安静静地长眠永息。一来因为文学研究者事实上只会应用人工呼吸法，并没有还魂续命丹；二来因为文学研究者似乎不必去制造木乃伊，费心用力地把许多作家维持在"死且不朽"的状态里。

说得真好！

我们今天强调弘扬中华优秀传统文化，我以为"优秀"二字至关重要。古典二字中，"典"是要点。并不是过往的就是古典的。英文里，古典和经典共用一个单词：classic。literary classic 是文学经典，古典音乐叫 classical music。对待传统文化要坚持"创造性转化，创新性发展"，我们不能把传承和弘扬中华优秀传统文化，变成凡古即好的守旧。

5 "语不惊人死不休"是否必要

说太阳底下无新事，那是指日常生活。写文章的人都有一种追求，憋也要憋出人所未见、所未言，方才体现独特性和独立价值。所以关于文学语言有多少探讨，都未必能广泛传播开来，只有一句话，是不写文章的人也都知道的，那大概也是大家都同意的原因吧，这句话就是：语不惊人死不休。

所有写诗作文的逸事里，大家传得最多的，要么是佩服某人写得飞快、贼快，故有曹植"七步成诗"这样的传奇。但也有另一极端的例子，那就是为了一个字词捻断胡须也不下笔。"推敲"这个词，就是发生在唐代诗人贾岛身上的传奇故事。

这种故事，就是到了宋代也有。据说，王安石的"春风又绿江南岸"，"绿"字就曾先是"到"，后是"过"，再是"满"，但诗人终于都觉不满，直到找到"绿"字。

当个诗人真是不容易。传统上听起来，诗人就意味着激情，代表着才华，浑身都是灵感，酒量都比一般人大得多。事实上，个个揪着头发都找不出个新词，简直愁死了。像贾岛那样的苦吟派诗人，历史上绝不止一个两个，而是一种具有普遍性的特征。

钱锺书在《宋诗选注》序里曾同情过宋代的诗人，他们生在唐这个诗歌辉煌的时代之后，仿佛无诗可作，至少想出新意很难。怎能不愁。钱先生就此比喻道："据说古希腊的亚历山大大帝在东宫的时候，每听到他父王在外国打胜仗的消息，就要发愁，生怕全世界都给他老子征服了，自己这样一位英雄将来没有用武之地。"

这故事听起来滑稽，事实上却很有艺术真实。他接着说："紧跟着伟大的诗歌创作时代而起来的诗人准有类似的感想。"他说："有唐诗做榜样是宋人的大幸，也是宋人的大不幸。看了这个好榜样，宋代诗人就学了乖，会在技巧和语言方面精益求精；同时，有了这个好榜样，他们也偷起懒来，放纵了摹仿和依赖的惰性。"可以说，唐诗对宋时诗人来说，既是最近的伟大榜样，又是个巨大的阴影。我们也都知道"既生瑜，何生亮"这个典故，当下足球界也有 C 罗生在梅西时代的惋惜之议。岂不知，生在后朝也有阴影。

哈佛大学著名的批评家布鲁姆有过一本影响极大的理论著作，书名叫《影响的焦虑》，专门探讨经典作品如何影响了后世作家，使他们摆脱不了这种影响，使他们创新很难，以至于产生影响的焦虑，其实也是创新的焦虑。

对待优秀的传统文化，要做到创造性转化，创新性发展。这是现实的努力目标，也是一种理想。真正要做到、做好，绝非易事。钱先生因此感慨道："前代诗歌的造诣不但是传给后人的产业，而在某种意义上也可以说向后人挑衅，挑他们来比赛，试试他们能不能后来居上、打破纪录，或者异曲同工、别开生面。""假如后人没出息，接受不了这种挑衅，那么这笔遗产很容易贻祸子孙，养成了贪吃懒做的膏粱纨绔。"就像我们今天的文学，一提长篇小说，就要拿来和《红楼梦》比，哪个作家经得住这种比较！莫言的小说写得很精彩了吧，但他说，自己深爱鲁迅小说，宁愿用自己所有的创作换一篇鲁迅那样的小说。

创新真的很难，但值得追求。这是艺术之魅力所在，也是作家辛苦之必须。前人的遗产是宝贵的财富，但正因为是财富，便极有可能让后人产生怠惰、变成纨绔，甚至产生阿Q那样"从前阔多了"的盲目。

苦吟派、语不惊人死不休，固然不灵巧，但其理想和追求，值得尊重。

谁饮诗中酒

　　几年前我曾经写过一篇文章，是谈"鲁迅与酒"的。我发现一个现象，其实在鲁迅笔下，酒并不是必须摆在桌上饮用的"神水"，很多时候不过是一点谈资，一个说辞。尤其是在他与许广平的书信往来中，"酒"多半是个虚拟之物，是以并不发生饮酒而谈论饮酒的利弊，一方劝少饮酒而表达关心，一方则以"不喝""少喝"回馈诚意。虚拟之"酒"因此变得更为有趣，更加微妙，颇似微醺之后的妙趣。进而，我又以为，其实在中国文人笔下，写酒也并非都是做饮酒记录，"酒"字果真具有虚拟特点，"醉酒"未必都是亲历亲为，有时也是借故发泄，是一种想象与夸张。一个人幻想或回味醉酒状态，借此亦可抒发或许只是喝了一碗粥之后也会有的心绪和惆怅。

　　有一段时间，我枕边放了一本随手翻阅的闲书《唐诗别裁集》，我本是想通过偶尔翻阅多认识几个繁体字，却不想读到一个满眼都是的意象，这个意象正是酒。我个人直感上认为，其实唐诗也有其"写作模式"，这种模式是不是到了"模式化"的程度我不敢判断，但显然，古人写诗是有些"套路"的。"酒"作为一种意象频繁出现即是一例（此外还有一个集中意象即月亮）。作为诗歌意象的"酒"，用以表达的诗人性情是多重的。细读这些唐诗，未必都是酒后真言，也许就是一种托物寄情的想象，是一种望梅止渴的表达。

在唐代诗人笔下，酒可以表达离情，如"劝君更尽一杯酒，西出阳关无故人"（王维），劝酒却并未真饮。又如"但使主人能醉客，不知何处是他乡"（李白），能醉却还未饮。可以表达友情，如"且与少年饮美酒，往来射猎西山头"（高适），多半也是一种愿望。可以表达纵情，如"一生大笑能几回，斗酒相逢须醉倒"（岑参），"须醉倒"，不过期许而已。又如"白日放歌须纵酒，青春作伴好还乡"（杜甫），如出一辙。可以表达诗情，如"何时一樽酒，重与细论文"（杜甫），酒与文同为愿景。可以表达忘忧，如"今日听君歌一曲，暂凭杯酒长精神"（刘禹锡），这回可能真喝过。又如"山水弹琴尽，风花酌酒频"（卢照邻），颇似一副雅联。可以表达闲情，如"开轩面场圃，把酒话桑麻"（孟浩然），场面并不热烈。可以表达伤情，如"却忆年年人醉时，只今未醉已先悲"（杜甫），忆醉却未醉，等等。中国诗文中的酒，意味繁复，寄情深广，绝对是一个可以探究的无形世界。通常所谓"醉翁之意不在酒"，我以为，与其理解成心机难解，不如看作古代文人托酒寄情的诗文手法。"酒"可浇心中块垒，亦可用作文中修辞。"何以解忧，唯有杜康"，这似乎是一种文化传统，倒未必认为诗人就更能喝酒，酒量更大。诗与酒之间的关系，可以探讨的话题太多了。鲁迅曾经有过著名的演讲长文《魏晋风度及文章与药及酒之关系》，从中可以领略很多。

唐诗中以酒为意象的寄情

我在前几日谈《钱锺书选唐诗》时谈过，唐人写诗，自有"套路"，以特定意象寄情即是一种惯用途径。钱先生选本中，前一百页就多见一个"归"字。而清人沈德潜《唐诗别裁集》，到处是一"酒"字。我曾就此拾捡过，并按自己理解大概做了分类。但实在无暇详细分析，况学力也不够。现不妨分类列举，与书友分享。一日一类，大概十一种之多。

之一：离情

花间一壶酒，独酌无相亲。

……

醒时同交欢，醉后各分散。

（李白《月下独酌》）

欲持一瓢酒，远慰风雨夕。

（韦应物《寄全椒山中道士》）

樽酒岂不欢，暮春自有程。

（韦应物《送令狐岫宰恩阳》）

十千兑得余杭酒，二月春城长命杯。
酒后留君待明月，还将明月送君回。

（丁仙芝《余杭醉歌赠吴山人》）

旧游怜我长沙谪，载酒沙头送迁客。

（刘长卿《听笛歌留别郑协律》）

关中新月对离樽，江上残花待归客。

（钱起《送邬三落第还乡》）

请公临深莫相违，回船罢酒上马归。

（杜甫《陪王侍御同登东山最高顶宴姚通
泉晚携酒泛江》）

出谷迷行洛阳道，乘流醉卧滑台城。

（王季友《酬李十六岐》）

劝君更尽一杯酒，西出阳关无故人。

（王维《送元二使安西》）

今日送君须尽醉，明朝相忆路漫漫。

（贾至《送李侍郎赴常州》）

强饮离前酒，终伤别后神。

（宋之问《留别之望舍弟》）

何当重相见，樽酒慰离颜。

（温庭筠《送人东游》）

酒醒乡关远，迢迢听漏终。

（李昌符《旅游伤春》）

马足倦游客，鸟声欢酒家。

（韦庄《延兴门外作》）

闻道辋川多胜事，玉壶春酒正堪携。

（岑参《首春渭西郊行呈蓝田张二主簿》）

不醉郎中桑落酒，教人无奈别离何。

（张谓《别韦郎中》）

吾兄诗酒继陶君，试宰中都天下闻。

……

取醉不辞留夜月，雁行中断惜离群。

（李白《别中都明府兄》）

征帆初挂酒初酣，暮景离情两不堪。

（张泌《秋晚过洞庭》）

送尔难为别，衔杯惜未倾。

（李白《送储邕之武昌》）

下马饮君酒，问君何所之。

（王维《送别》）

之二：友情

欢言得所憩，美酒聊共挥。

……

我醉君复乐，陶然共忘机。

（李白《下终南山过斛斯山人宿置酒》）

问答乃未已，儿女罗酒浆。

……

十觞亦不醉，感子故意长。

（杜甫《赠卫八处士》）

且与少年饮美酒，往来射猎西山头。

（高适《邯郸少年行》）

无辞一杯酒，昔日与君深。

（许浑《送客归湘楚》）

座中醉客延醒客，江上晴云杂雨云。

美酒成都堪送老，当垆仍是卓文君。

（李商隐《杜工部蜀中离席》）

之三：纵情

欢酣促密坐，醉暖脱重裘。

……

日中为乐饮，夜半不能休。

（白居易《歌舞》）

故人薄暮公事闲，玉壶美酒琥珀殷。

颍阳秋草今黄尽，醉卧君家犹未还。

（岑参《醉题匡城周少府厅壁》）

一生大笑能几回，斗酒相逢须醉倒。

（岑参《凉州馆中与诸判官夜集》）

酒酣耳热忘头白。

（杜甫《醉歌行，赠公安颜少府请顾八题壁》）

鸬鹚杓，鹦鹉杯。
百年三万六千日，一日须倾三百杯。
遥看汉水鸭头绿，恰似葡萄初酦醅。
此江若变作春酒，垒曲便筑糟丘台。
千金骏马换小妾，醉坐雕鞍歌落梅。
车旁侧挂一壶酒，凤笙龙管行相催。

（李白《襄阳歌》）

得钱即相觅，沽酒不复疑。
忘形到尔汝，痛饮真吾师。
清夜沉沉动春酌，灯前细雨檐花落。
但觉高歌有鬼神，焉知饿死填沟壑。
相如逸才亲涤器，子云识字终投阁。
先生早赋归去来，石田茅屋荒苍苔。
儒术于我何有哉，孔丘盗跖俱尘埃。
不须闻此意惨怆，生前相遇且衔杯。

（杜甫《醉时歌》）

白日放歌须纵酒，青春作伴好还乡。

（杜甫《闻官军收河南河北》）

汉运初中兴，生平老耽酒。

（杜甫《述怀》）

之四：诗情

诗成有共赋，酒熟无孤斟。

（韩愈《县斋读书》）

强饮沾来酒，羞看读了书。

（耿沣《春日即事》）

敏捷诗千首，飘零酒一杯。

（杜甫《不见》）

检书烧烛短，看剑引杯长。

（杜甫《夜宴左氏庄》）

何时一樽酒，重与细论文。

（杜甫《春日忆李白》）

知章骑马似乘船，眼花落井水底眠。
汝阳三斗始朝天，道逢曲车口流涎，
恨不移封向酒泉。
左相日兴费万钱，饮如长鲸吸百川，
衔杯乐圣称避贤。
宗之潇洒美少年，举觞白眼望青天，
皎如玉树临风前。
苏晋长斋绣佛前，醉中往往爱逃禅。
李白斗酒诗百篇，长安市上酒家眠。
天子呼来不上船，自称臣是酒中仙。
张旭三杯草圣传，脱帽露顶王公前，
挥毫落纸如云烟。

焦遂五斗方卓然，高谈雄辩惊四筵。

（杜甫《饮中八仙歌》）

休论世上升沉事，且斗樽前见在身。

……

莫嫌恃酒轻言语，曾把文章谒后尘。

（牛僧孺《席上赠刘梦得》）

还复茅檐下，对酒思数贤。

（韦应物《园林晏起寄昭应韩明府卢主簿》）

高歌长安酒，忠愤不可吞。

（韦应物《送李十四山东游》）

饮酒宁嫌盏底深，题诗尚倚笔锋劲。
明宵故欲相就醉，有月莫愁当火令。

（韩愈《寒食日出游》）

之五："忘忧却更忧"

所以终日醉，颓然卧前楹。

……

感之欲叹息，对酒还自倾。

（李白《春日醉起言志》）

携酒花林下，前有千载坟。
于时不共酌，奈此泉下人。

（韦应物《与友生野饮效陶体》）

眼前一樽又长满，心中万事如等闲。

……

风光若此人不醉，参差孤负东园花。

（张谓《湖中对酒作》）

去年上策不见收，今年寄食仍淹留。
羡君有酒能便醉，羡君无钱能不忧。
如今五侯不爱客，羡君不问五侯宅。
如今七贵方自尊，羡君不过七贵门。
丈夫会应有知己，世上悠悠何足论。

（张谓《赠乔琳》）

举杯消愁愁更愁。

（李白《宣州谢朓楼饯别校书叔云》）

今日听君歌一曲，暂凭杯酒长精神。

（刘禹锡《酬乐天扬州初逢席上见赠》）

情多莫举伤春目，愁极兼无买酒钱。

（张泌《洞庭阻风》）

之六：乡愁

但使主人能醉客，不知何处是他乡。

（李白《客中作》）

主人有酒欢今夕，请奏鸣琴广陵客。

（李颀《琴歌》）

儿孙棹船抱酒瓮，醉里长歌挥钓车。

吾将求退与翁游，学翁歌醉在鱼舟。

（元结《宿丹崖翁宅》）

主人下马客在船，举酒欲饮无管弦。
醉不成欢惨将别，别时茫茫江浸月。
……
钿头银篦击节碎，血色罗裙翻酒污。
……
春江花朝秋月夜，往往取酒还独倾。

（白居易《琵琶行》）

山水弹琴尽，风花酌酒频。

（卢照邻《春晚山庄率题》）

酒中堪累月，身外即浮云。

（杜审言《秋夜宴临津郑明府宅》）

不用开书帙，偏宜上酒楼。

（张谓《同王徵君湘中有怀》）

生计抛来诗是业，家园忘却酒为乡。

（白居易《送萧处士游黔南》）

此身醒复醉，乘兴即为家。

（杜甫《春归》）

逸志忘鸿鹄，清香披蕙兰。
还持一杯酒，坐想二公欢。

（李商隐《大卤平后移家到永乐县居，
书怀十韵寄刘韦二》）

独酌芳春酒，登楼已半曛。

（杜牧《江楼》）

之七：独乐

苦辞酒味薄，黍地无人耕。

（杜甫《羌村三首》）

虽云无一资，樽酌会不空。

（韦应物《答畅校书当》）

浊醪谁造汝，一酌散千愁。

（杜甫《落日》）

户大嫌甜酒，才高笑小诗。

（白居易《久不见韩侍郎戏题四韵以寄
之》）

还将石溜调琴曲，更取峰霞入酒杯。

（李峤《奉和初春幸太平公主南庄应制》）

将曛陌树频惊鸟，半醉归途数问人。

（张谔《九日》）

高馆张灯酒复清，夜钟残月雁归声。

（高适《夜别韦司士》）

不有小舟能荡桨，百壶那送酒如泉。

（杜甫《城西陂泛舟》）

花间酒气春风暖，竹里棋声夜雨寒。

（许浑《村舍》）

黄花催促重阳近，何处登高望二京。

（郑谷《漂泊》）

高阳酒徒半凋落，终南山色空崔嵬。

（罗隐《曲江春感》）

黄菊倚风村酒熟，绿蒲低雨钓鱼归。

（罗隐《忆九华》）

惜春连日醉昏昏，醒后衣裳见酒痕。

（韩偓《春尽》）

沉醉不愁归棹远，晚风吹上子陵滩。

（张蠙《钱塘夜宴留别郡守》）

公子醉归灯下见，美人朝插镜中看。

（罗隐《牡丹》）

剧谈怜野逸，嗜酒见天真。
醉舞梁园夜，行歌泗水春。

（杜甫《寄李十二白二十韵》）

浮舟出郡郭，别酒寄江涛。

（杜甫《王阆州筵奉酬十一舅惜别之作》）

饮酒入玉壶，藏身以为宝。

（李白《拟古十二首》）

彼隐山万曲，我隐酒一杯。

（孟郊《大隐坊·赵记室俶在职无事》）

一尊花下酒，残日水西树。

（赵嘏《汾上宴别》）

弹棋击筑白日晚，纵酒高歌杨柳春。

（高适《别韦参军》）

数枝艳拂文君酒，半里红欹宋玉墙。

（罗隐《桃花》）

南州溽暑醉如酒，隐几熟眠开北牖。

（柳宗元《夏昼偶作》）

之八：众乐

提壶莫辞贫，取酒会四邻。

（李白《拟古十二首》）

田翁逼社日，邀我尝春酒。
酒酣夸新尹，畜眼未见有。

（杜甫《遭田父泥饮美严中丞》）

称是秦时避世人，劝酒相欢不知老。

（李白《山人劝酒》）

酒尽沙头双玉瓶，众宾皆醉我独醒。
乃知贫贱别更苦，吞声踯躅涕泪零。

（杜甫《醉歌行》）

酒伴来相命，开尊共解酲。

当杯已入手，歌妓莫停声。

（孟浩然《晚春》）

开轩面场圃，把酒话桑麻。

（孟浩然《过故人庄》）

且欲近寻彭泽宰，陶然共醉菊花杯。

（崔曙《九日登望仙台呈刘明府容》）

盘飧市远无兼味，樽酒家贫只旧醅。
肯与邻翁相对饮，隔篱呼取尽余杯。

（杜甫《客至》）

江涵秋影雁初飞，与客携壶上翠微。
……
但将酩酊酬佳节，不用登临恨落晖。

（杜牧《九日齐山登高》）

万牛脔炙，万瓮行酒。

（韩愈《元和圣德诗》）

酒肴虽日陈，感激宁为欢。

（韩愈《齪齪》）

游骑偶同人斗酒，名园相倚杏交花。

（杜牧《街西长句》）

之九：伤情

前年上书不得意，归卧东窗兀然醉。

（李颀《送刘十》）

美酒樽中置千斛，载妓随波任去留。

（李白《江上吟》）

黄金白璧买歌笑，一醉累月轻王侯。

……

琼杯绮食青玉案，使我醉饱无归心。

（李白《忆旧游寄谯郡元参军》）

公子华筵势最高，秦川对酒平如掌。

……

却忆年年人醉时，只今未醉已先悲。

（杜甫《乐游园歌》）

坐中薛华善醉歌，歌辞自作风格老。

……

气酣日落西风来，愿吹野水添金杯。

如渑之酒常快意，亦知穷愁安在哉。

忽忆雨时秋井塌，古人白骨生青苔，

如何不饮令心哀。

（杜甫《苏端薛复筵简薛华醉歌》）

艰难苦恨繁霜鬓，潦倒新停浊酒杯。

（杜甫《登高》）

重阳独酌杯中酒，抱病起登江上台。

（杜甫《九日》）

今日主人还共醉，应怜世故一儒生。

（卢纶《至德中途中书事却寄李僴》）

醉里欲寻骑马路，萧条几处有垂杨。

（张南史《陆胜宅秋暮雨中探韵同作》）

之十：劝酒

风吹柳花满店香，吴姬压酒劝客尝。

（李白《金陵酒肆留别》）

君歌杨叛儿，妾劝新丰酒。

（李白《杨叛儿》）

墙根菊花好沽酒，钱帛纵空衣可准。

……

能来取醉任喧呼，死后贤愚俱泯泯。

（韩愈《赠崔立之评事》）

琉璃钟，琥珀浓，

小槽酒滴真珠红。

……

劝君终日酩酊醉，

酒不到，刘伶坟上土。

（李贺《将进酒》）

将何还睡兴，临卧举残杯。

（白居易《宴散》）

谁道山公醉，犹能骑马回。

（孟浩然《裴司士见寻》）

银烛未销窗送曙，金钗半醉座添春。

（韩愈《酒中留上襄阳李相公》）

世上谩相识，此翁殊不然。
兴来书自圣，醉后语尤颠。
白发老闲事，青云在目前。
床头一壶酒，能更几回眠？

（高适《醉后赠张九旭》）

鲁酒不可醉，齐歌空复情。

（李白《沙丘城下寄杜甫》）

劝君金屈卮，满酌不须辞。

（于武陵《劝酒》）

之十一：闲情

世人拘目见，酣酒笑丹经。

（陈子昂《感遇诗三十八首·其六》）

户蒙枌榆复，邑争牛酒欢。

（张九龄《奉和圣制幸晋阳宫》）

南风吹归心，飞堕酒楼前。

（李白《寄东鲁二稚子》）

鲁酒白玉壶，送行驻金羁。

（李白《秋日鲁郡尧祠亭上宴别杜补阙
范侍御》）

自陈剪髻鬟，鬻市充杯酒。

（杜甫《送重表侄王砅评事使南海》）

中军置酒饮归客，胡琴琵琶与羌笛。

（岑参《白雪歌送武判官归京》）

中酒朝眠日色高，弹棋夜半灯花落。

（岑参《与独孤渐道别长句兼呈严八侍御》）

朝朝饮酒黄公垆，脱帽露顶争叫呼。

（李颀《别梁锽》）

金罍美酒满座春，平原爱才多众宾。

（崔颢《孟门行》）

邯郸饮来酒未消，城北原平掣皂雕。

（王昌龄《城傍曲》）

姑苏台上乌栖时，吴王宫里醉西施。

（李白《乌栖曲》）

高阳酒徒起草中，长揖山东隆准公。

（李白《梁甫吟》）

旁人借问笑何事，笑杀山翁醉似泥。

（李白《襄阳歌》）

縻色如珈玉液酒，酒熟犹闻松节香。

（元结《说洄溪招退者》）

位窃和羹重，恩叨醉酒深。

（张说《恩制赐食于丽正殿书院宴赋得
林字》）

扬子谈经所，淮王载酒过。

(王维《从岐王过杨氏别业应教》)

侍酒衢樽满，询刍谏鼓悬。
永言形友爱，万国共周旋。

(张说《奉和圣制暇日与兄弟同游兴庆宫
作应制》)

圣酒山河润，仙文象纬舒。

(宋璟《奉和御制璟与张说源乾曜同日上
官命宴都堂赐诗应制》)

柳色供诗用，莺声送酒须。

(岑参《送卢郎中除杭州赴任》)

葡萄美酒夜光杯，欲饮琵琶马上催。

(王翰《凉州词》)

虏酒千钟不醉人，胡儿十岁能骑马。

(高适《营州歌》)

酒泉太守能剑舞，高堂置酒夜击鼓。

(岑参《酒泉太守席上醉后作》)

【说明】

1. 诗人借"酒"字消愁，多数是起个"药引"作用，并不必在真喝。这个是我研究"鲁迅与酒"时发现的。我们还是要学习古今诗人，他们常常是一边喝粥，一边想象着饮酒的豪情，并因此写下激情诗句。

2. 古人喝酒，似无品牌。那时还没有工业化、规模化酿酒，所以酒是统称，似少有高低贵贱之别。不似今人，要的是场面，喝酒强调的是喝什么酒。有了规格，却不见诗情。古风难现。

3. 其实古诗里有些意象是固定的，需要表某种情时，就用某种意象。酒的指意更多重罢了。再比如：

月亮就是代表思念，思乡、思父母、思爱人。杨柳代表着离愁，看见杨柳，就联想到远方的亲人，"忽见陌头杨柳色，悔教夫婿觅封侯"。荷花是清洁，梅花是傲骨，竹子是正直。诗人面前有没有这些东西不重要，但必须以此表达，直接与读者呼应。

不独诗歌，小说戏剧里也有。丢了手帕就意味着会出现爱情上的误会，如莎士比亚的《奥赛罗》。荒野里找到一只鞋子，就暗示鞋子主人已死，如《白毛女》，如鲁迅的《祝福》。

至于京剧等传统戏曲里，人物手持一支鞭子，就等于率领着千军万马，这是道具，是约定好的戏剧性象征。与上述意象还不是一个频道上的事。

4. 重申一下，所有引述均出自清人沈德潜选编之《唐诗别裁集》。即兴分类也多有不确之处。仅供参考。

重读 《滕王阁序》 并致友人

　　那天，我上火车前，匆匆忙忙从书架上抽出一本书准备路上闲时阅读。犹豫再三，提取一册老旧的《古文观止》。路上还真翻读了几篇妙文。我有兴趣对你讲一下那天途中闲读《滕王阁序》的一些想法。

　　《滕王阁序》全称《秋日登洪府滕王阁饯别序》。"饯别"，就是受邀吃饭去了，而且是在滕王阁这个奢华的"形象工程"里面。通读全文，我发现，语词华丽的《滕王阁序》，其实包含了三个方面的内容，同时也体现了三层含义。一是对这场盛大宴会的描述、对主人的感谢之情；二是对滕王阁胜景的描绘和盛赞；三是作者以一个文人的姿态抒发了个人报国无门、郁郁不得志而又坚持真性情的内心想法，这些想法有点像个人牢骚，更有一种人文情怀。这就看我们如何解释了。

　　我的联想是这样的。我们究竟丢掉了哪些文学传统？何谓文学的真实？比如王勃的这篇名文，其中最精彩的华章是对景物的浓墨重彩般的描写，对仗之工整，辞藻之华美，文学史上也属少见。"落霞与孤鹜齐飞，秋水共长天一色"两句，更是成为千古绝唱，是纯粹写景的经典。但我今天重读《滕王阁序》却更看重另外两个层面的描写。一是不吝笔墨对"俗事"

进行交代和叙述；二是对个人情怀的真切表达。我以为这正是今天文人所缺少的。

文中有一个特殊的人物，叫阎伯屿，此公时任洪州都督，是个纯粹的官员。按理说，王勃即使要为滕王阁写序，也应是受景物感染，挥毫写就才是，没有必要而且应当以文人之自觉回避、不屑将阎伯屿这样的"官员"引入文中，破坏文气不说，还显得丧失了文人应有的警觉与清洁。

可我们读到的，却是王勃对宴会盛况的称赞有加，是他对"都督阎公之雅望"的感谢。一场由"官员"组织的聚会，王勃却用了比美味佳肴更加豪华的词句进行渲染。作者先后两次写到宴会盛况，也足以说明他对场景的描述并非敷衍之辞，他是真的为现场的气氛所感染。我在想，我们今天的文人，有谁愿意在自己的文章大肆描写"领导"的盛情、宴会的景象、微醺之际的内心感受呢？

《滕王阁序》的另一层含义更加让人觉得触动心怀。这就是少年才俊王勃，在为官员写就的应景文章中，抒发了自己作为一个文人或曰"知识分子"的情怀与气节。这种明显"跑题"的作法，实在是其自由心态的另一种体现。在写尽了眼前美景之后，诗人笔锋一转，开始了文人情愫的释放。"天高地迥，觉宇宙之无穷；兴尽悲来，识盈虚之有数。""关山难越，谁悲失路之人；萍水相逢，尽是他乡之客。"已经将感情由酒酣耳热的投入逆转到孤独难耐的悲凉之中。请看：

> 嗟乎，时运不齐，命途多舛；冯唐易老，李广难封。屈贾谊于长沙，非无圣主；窜梁鸿于海曲，岂乏明时？所赖君子见机，达人知命……孟尝高洁，空余报国之情；阮籍猖狂，岂效穷途之哭？

写得多好啊。此时，我们已经可以看到一个在众声喧哗中孤独徘徊的诗人形象。他对世俗欢乐的认可和投入原来是如此脆弱和有限。文人的"毛病"很容易翻腾出来。不要忘记这可是吃喝了人家之后，为人家的"形象工程"写的赞辞啊，他怎么能夹带这么多"私货"呢。

更有甚者，除了传达一般的文人感怀之外，王勃居然直接写了自己。"勃，三尺微命，一介书生，无路请缨，等终军之弱冠；有怀投笔，慕宗悫之长风。舍簪笏于百龄，奉晨昏于万里。非谢家之宝树，接孟氏之芳邻。他日趋庭，叨陪鲤对；今兹捧袂，喜托龙门。杨意不逢，抚凌云而自惜；钟期相遇，奏流水以何惭。"一个空怀大志却报国无门者的形象跃然可见。

我以为，我们今天很难读到这样一唱三叹的文章了。这些年来，我也在一些风景名胜之地见过一些诗词歌赋，不少都是出自当代文化名人之手。引经据典、对仗工整、盛赞美景、夸耀成就，都显得到位准确，可是我们从中读不到一个"我"字。既没有现身于"现场"的"小我"，也不见感时忧国的"大我"；既不愿声言自己应邀而作的荣幸，也不想抒发一点与景无关的"文人情绪"。如果我们把《滕王阁序》划分成"写俗事""赞美景""抒情怀"三个层面的话，我觉得我们今天读到的很多同类文章，包括一些所谓的"文化散文"，其实是丢弃了两头而只抓了中间，只竭力表达了对景物的描写，而忘了"在场"的感受与远阔的胸襟。不坦荡也不文人，挺没意思的平面写作到处可见，独特的文人情怀不见踪影。

我佩服王勃这样的"青年作家"，即使到文章结尾，他也不忘对当天见到的"世面"表达留恋之情。"呜呼！胜地不常，盛筵难再；兰亭已矣，梓泽丘墟。临别赠言，幸承恩于伟钱；登高作赋，是所望于群公。"但那种物是人非的不可把握，世事沧桑的不可逆转，仍然是盘桓在他心头最大的"纠结"，正所谓"闲云潭影日悠悠，物换星移几度秋。阁中帝子今何在？槛外长江空自流"。

说来说去，我就是觉得我们今天的人写了很多假文章，失了许多真性情。其实，"讲真话"并不等于讲漂亮话、讲大话，也包括表达对世俗快乐的满足和兴奋，受邀受捧的喜悦和当真。同时，文人的文章应时时将自我带入，这种投入不一定都是在道德制高点上的指点、"愤青"般的指斥，也可以是一种无法追踪时代大潮的落寞感伤、一种无所作为的无奈与辛酸。然而同时，又饱含着对天下的自觉担当，流露着不灭的理想。那样的多重与复杂，才会多一些真正的文采和个性吧。你说呢。

《红楼梦》里风景多

　　经典就是这样的作品，即使你没有读也好像读过一样，而每一次重读，又仿佛是新读。这是意大利作家卡尔维诺表达过的观点。我对此深以为然。尤其是在今天，文学经典被改编成各种各样的艺术形式甚至游戏，没有读过原著还没玩过游戏？王蒙先生曾经说过，他上网搜索《红楼梦》，打头的都是电视剧《红楼梦》的信息，输入《三国演义》，首页推出的都是游戏。这很无语，但也证明了文学经典的魅力。

／　小说家为人物赋能

　　通常来说，小说家是书生的一部分，社会实践能力不足。但小说家又有格外的"特权"，可以在作品中为自己的人物做各种"人事"安排，并有权"决定"他们的命运。

　　小说家为自己笔下的人物赋予各种奇特的非凡的能力，这也是他们以虚构之名得到的权力。《西游记》为人物赋予超现实的能力自不必说，《水浒传》里的一百单八将也是个个怀着绝技。就是《红楼梦》吧，虽然都是养尊处优的富家男女，可是在曹雪芹的笔下，却赋予了他们很多不俗的能力，比如说大观园里的女子，个个都是诗词歌赋的能手，为此还结了海棠诗社。这种情形有时候让人感觉不近真实，但是由于故事描写得精彩，我们却情愿相信他们是真的。冷静下来细想，这不过是小说家为自己笔下的人物赋能而已，真正的能力其实在于小说家自己，至少是他自己的想象。比如说大观园里不过十五六岁的女子们的诗词创作水平，其实是曹雪芹自己创作才华的表达。

《红楼梦》第五十三回，写贾家除夕时场面布置极尽奢华，笑语喧阗无有止境。在盛大恢宏的描写中，更添无与伦比的细节，形容有钱也难买来的品位，足见宁荣二府绝非刚见世面的暴发户，实是荣华富贵的大家族。这添彩的细节，不是别的，正是一种贾母独赏的璎珞。说这璎珞由一姑苏女子名慧娘者绣出，因其十八岁便香消玉殒，所以其作品传世者极少，"以贾府之荣，也只有两三件"。而且还进贡了两件，只留一件供贾母遇好日子时赏玩。话说这璎珞的好处并不主要在材质精贵，最主要是慧娘的绣术实在非凡。不说其中花草绣得多么生动，单说那上面的题字，勾踢、转折、轻重、连断，与真正上佳草书无异。曹雪芹对其评价是，绣花草"非一味浓艳匠工可比"，绣题字"亦不比市绣字迹板强可恨"。更说这慧娘从不仗此技获利，所以天下知其者多，但得之者少。翰林文魔们为强调其品格之高，觉得"慧绣"之"绣"太俗，不足以命名，硬把"绣"字改为"纹"字，"慧纹"之称，超凡脱俗之喻。

《红楼梦》里，能人巧匠太多，尤其很多人的艺术造诣之高，品位之纯，艺术见地之深，实超出一般人理解水平。那为什么我们不觉得他不真实，反而增加了我们对人物的喜欢？作者之力！曹雪芹不是为一人而是为一群人赋能，让人目不暇接。

近日有幸在全国政协读书漫谈群里读到王亚民院长关于故宫宝物的介绍，惊叹之余，倒想提一个问题，未知《红楼梦》里所写的这种稀世珍宝"慧纹""璎珞"，在故宫里是否真有或有文字记载？因为按照曹雪芹的说法，贾家是把其中两件进贡了的。

2 贾母的艺术鉴赏力及其心志

《红楼梦》里，不管男人们是否干成什么大小事，只见女子们在深闺中、大观园里、厅堂上个个见出身手，却并不婆婆妈妈。年轻的如宝黛、王熙凤、史湘云个个才艺出众伶俐干练，即如贾母，一族之尊，也绝不是靠权威慑人、尊严管制，实在也有过人的艺术鉴赏力。她不作诗，也不猜谜，独对戏曲一门深谙其道。点戏目可直唤其名，且能讲出点这一曲的时节、氛围之吻合度，讲戏文能道出大小情节、所含之理，即使是唱腔、乐器也能如数家珍，头头是道。

有两个情节最为典型。一是第五十四回，写元宵节贾府夜宴，大台戏间隙请两位"女先儿"来演一段说书，结果这说书是一段关于才子佳人的故事，贾母就评价道："这些书都是一个套子，左不过是些佳人才子，最没趣儿，把人家女儿说的那样坏，还说是佳人，编得连影儿也没有了。开口都是书香门第，父亲不是尚书，就是宰相，生一个小姐，必是爱如珍宝。这小姐必是通文知礼，无所不晓，竟是个绝代佳人。只一见了一个清俊的男人，不管是亲是友，便想起终身大事来，父母也忘了，书礼也忘了，鬼不成鬼，贼不成贼，那一点儿是佳人！"贾母这一通议论，可说是一个高等的文学批评。两位说书的"女先儿"也被她说得口服心服，不敢演了。同时，贾母身上还有她不可排除的等级观念，那就是认为："编这些书的，有一等妒人家富贵，或有求不遂心，所以编出来污秽人家；再一等，他自己看了这些书，看着魔了，他也想一个佳人，所以编了出来取乐。何尝他知道那世宦读书家的道理。"不屑的语气里透着骨子里的鄙视。

二是第七十六回，写贾府中秋赏月，谈到音乐，贾母说："音乐多了，反失雅致，只用吹笛的远远吹起来就够了。"一种很到位的艺术欣赏观。正是在贾母引导下，那悠扬的笛声缓缓传来，在明月清风之下，引得众人"肃然危坐，默相赏听"。众人都赞叹贾母的艺术品位，认为只有在贾母的带领下才可以听着悠扬的音乐，"开些心胸"。然而贾母却进一步说，"这还不大好，须得拣那曲谱越慢的吹来越好。"于是那些柔慢的又带着悠扬和凄婉的笛声，在这月夜之下，不但让在座的人们可以享受艺术，同时也直入他们的心扉，一个个被感动和感染得难以自抑。

贾母的艺评又从来都非只谈艺术，空空炫技，实是融着太多人情事理，且充满阶层观念，透着她骨子里的傲然贵气。就说她对才子佳人戏的批判，满满的是不屑。认为这些戏之所以虚假可恨，是因为那些编戏的"妒人家富贵，或有求不遂心，所以编出来污秽人家"，等等。语气里透着高人一等。但她又谨慎定位自己，认为贾家不过中等人家，还比不上真正的"大家子"。她的艺评实是社会批评。她对刘姥姥的热情，事实上是对方的自贬、艳羡，大大满足了她的虚荣心，她送给刘姥姥的大批礼物，其实是"宣传经费"，可使荣耀播散。对家中丫鬟奴才，一样在关爱中透着等级观念。比如还是第五十四回，问起袭人为何不来热闹，知是其母刚刚去世，奔丧敬孝刚回，不便前来，贾母就正色道，奴才不可以在主子面前谈什么孝与不孝，要是她是我身边的，莫非也不出现了。幸亏王熙凤打了圆场方才混过去，并知贾母贴身丫鬟鸳鸯确也同是父母去世不久，贾母却未允其回家守孝。一句评语都没有，却在贾母的艺评事评中，透出温度，含着凉气。实在是高妙。

贾母的艺术品位之高，可谓是非常的专业而且老到，她在府中的地位，可不是闹着玩儿的，年轻的、怀着很多才分的男男女女，从来不敢轻视这位长者、老者。而贾母在戏曲方面的熟稔，在什么情景下演什么戏，是一出折子戏还是一台大戏，非常的专业，可见其对各种戏本的烂熟于心。那更是年轻人所望尘莫及的。

8 小说里的疾病与人物命运

2020 年 8 月初，在广东珠海某著名制药公司参观。接待我们的是公司的周总，曾经也是一位文学青年，青年时代发表过诗歌和小说，对话自然就轻松、亲切许多。在公司发展陈列厅参观过程中，他向我们介绍公司的一种新药，据说是治疗女性异常出血不止的针剂，一月一针，效果明显。我随口向他说道，《红楼梦》里王熙凤大约得的就是这种病，当年要有咱这针剂，贾府里可能就是另外一番情形了。大家一笑。

事后，我又查证了一下，我的记忆大概不差。《红楼梦》第七十二回里描写，王熙凤经期后仍出血不止，"沥沥淅淅"，已经无法也无心管理贾府政务。连丫鬟平儿等人也在私下议论"二奶奶"是得了可怕的"血山崩"。其后发生的很多悲剧，直接间接多与王熙凤这病久治不愈有关。直接引发的，是其夫贾琏在外偷娶尤二姐为妾，引起王熙凤仇恨并致尤二姐于死地。这之后，贾府上演一出一出的悲剧，加速了贾家的衰败。

我回来后把第七十二回病情描写一页拍图发给周总，他回信说："看文中描述，疑似子宫异位症，主要是反复出血、疼痛。应该以使用我公司亮丙瑞林微球为宜，可惜不能穿越时空，只能枉自嗟叹了。"的确如此。贾家最终走向衰落是历史必然，但就小说故事而言，如果药到病除，故事的走向就会大大不同。

想来，古今小说里，以人物疾病引发命运改变和悲剧故事的例证实在太多。《红楼梦》里，像尤三姐那样直接自刎的"突然死亡"实属特例。大多数人物之死，多是在肉体折磨、精神痛苦与身体疾病互为因果的纠缠中，逐渐走向死亡。如贾瑞、秦可卿、秦钟、柳湘莲、晴雯、司棋，等等。林黛玉更是在疾病困扰与情感痛苦的纠缠、撕裂中走完了自己的人生。现代小说中，鲁迅《狂人日记》里的狂人所患是"迫害狂想症"，《药》里的重要元素是华小栓的"肺痨"。此外像《明天》《白光》《伤逝》《孤独者》《弟兄》等，都有不同程度的疾病描写。以此为题研究小说，那可不是一篇文章可解其一二，实在是一部专著也难以说尽。

《红楼梦》的作者到底应该怎么署

《红楼梦》无疑是中国最伟大的长篇小说。它的经典性还体现在，就像一些中外经典一样，在作品之外留下许多待解之谜。比如，《红楼梦》的封面就遇到一个问题：到底应该如何为作者署名？谜团、争议，就这样构成作品的魅力之一。长期以来，我们习惯了《红楼梦》的作者是：曹雪芹、高鹗。但无论是否读过作品，稍有文化的人都知道一个红学常识，这部书不是曹、高二人合著，实是曹雪芹的泣血之作，是对其家族兴衰历程的叙说，因为未完成而只留下八十回，后来由一个叫高鹗的人续写了四十回，于是只能如此署名了。比起一般的合著和接续，这种署名并列的荣誉地位上是决不允许平等的。高鹗是"狗尾续貂"的代名词。

可是，如果我们注意的话，这种署名正在发生变化。以人民文学出版社版本论，最新的署名已变成："曹雪芹著，无名氏续。"但同时，20世纪50年代的"曹雪芹、高鹗著"版《红楼梦》仍然继续再版，2018年11月就再版了1957年10月的版本，并特别标明"纪念版"。也就是说，同一部作品，在同一社同时出版，作者署名却并不一致。这情形这待遇，也只有《红楼梦》可以有，别的任何作品定然不可以有。

从高鹗合"著"到无名氏"续"，这中间跨越了半个世纪之多，红学就跟国家社会一样，发生了巨变。当然，甭管怎么署名，并不影响大众阅读。不过，这事着实有趣。近日，当我读到第七十八回时，又读到美国学者夏志清的长篇文章《〈红楼梦〉导论》，文章上来就讲版本流变并涉及著作权问题，让人大开眼界，也引人思考。夏志清的主体观点是，《红楼梦》无疑是曹雪芹的著作，这不但因为前八十回的伟大，而且曹雪芹未必就只写了八十回。他认为，曹雪芹写到近八十回时，离他去世还有七年时间，他还有足够的时间继续写下去。而且极有可能事实也是如此。因为《红楼梦》的结局是家产充公，又因为《红楼梦》是强烈自叙传背景，为免再遭厄运，落入文字狱，曹雪芹没有出示八十回以后的部分。于是，这部分遗作的去向成谜，而程伟元、高鹗就成了寻觅者、搜求者、整理者。

夏志清反对一种观点，这种观点他认为主要在中国盛行，即《红楼梦》前八十回伟大，后四十回渺小。首先是，后四十回也极有可能（相当部分）出自曹雪芹，而且其中的主要人物命运结局，与曹雪芹前八十回的暗示、预设、指向，大体都是吻合的。也就是说，即使现在的后四十回不是出自曹雪芹之手，但也应符合他的意旨，并非那么不堪以至成指责、批判对象。

不管怎么说，高鹗不是该书作者，可能已是大部分研究者观点，连狗尾续貂者也不是了。但按照夏志清观点，后四十回都未必是或未必全部是另一人续写。在这个意义上，"无名氏续"也未必能成立。红学之显，可见一斑。

这样的学问超出我等能力。但我想说，后四十回还真的在各种段位上与前八十回有明显差距。我眼下看到第八十五回，这种印象已十分明显。即使努力克服先入为主，也无法克制如是说。

八十一回以后，故事的浅表化十分明显。人物对话直奔主题，少了意味。心理描写（曹雪芹的长项，却是中国古典小说本来的弱项）基本没有了。引经据典，而且是叠加、排列式地引经据典也较前明显少见。连前八十回大量的民间俚语、歇后语也少了，有几句也不过是大路货。人物语言的饱满度、立体感、深邃性落差明显。再者，一些表述前八十回似未曾有过。如八十一回后几处用简化、合并方式指出人物的方式，前面就没见过。贾赦、贾政成了"赦政"，薛宝钗、林黛玉、史湘云合并称作"宝黛湘云"，等等。有一点故事梗概的感觉。

5 《红楼梦》里的"国际元素"

《红楼梦》是中国古典小说，在读者想象中或改成影视剧、舞台剧，也无疑属于"古装戏"，近现代文明气息还没有吹进来，更不可能影响人物观念意识。但《红楼梦》里也有"国际元素"，它们尽管只是作为生活元素出现的，但也颇为有趣，也预示着大观园里的男女已知道天外还有天了。虽然作者并无此指意。有意思的是，这些国际元素集中地出现在第五十二回里。这又让人不禁联想，曹雪芹是否有意借此要为封闭的大观园打开一个缺口呢？

这一回里，先是说晴雯病了。"发烧头疼，鼻塞声重"，就是今天的感冒。然即使太医看过也不见大好。宝玉专来关心，要她嗅些鼻烟，以便通气。丫头麝月果然取来一个扁盒，宝玉于是看到，"里面有西洋珐琅的黄发赤身女子，两肋又有肉翅"。这样的描写"翻译"得直白，其实应该就是天使图了。有意思的是，宝玉对这裸体画并无感，倒是"晴雯只顾看画儿"。小说进一步写晴雯打过喷嚏之后，仍觉太阳穴发疼，宝玉的主意是："越性尽用西洋药治一治，只怕就好了。"可见"西洋药"在贾府是常有的，而且至少贾宝玉相信其效用。宝玉于是命麝月去找"二奶奶"王熙凤去要"西洋贴头疼的膏子"，那药还有个名字，叫"依弗那"，且强调此物王熙凤处"常有"。晴雯贴上后，麝月却又笑说不习惯，而又认为王熙凤那是"贴惯了，倒不大显"。尽管话题速转，但这不经意的描写却可看出作者或有用意，纵然是不确定、不夸大，但也应不是可有可无的闲笔。

这一回还特别"添加"式地写了一个外国女子写中国律诗的故事。说是薛宝琴自小随父"到西海沿子上买洋货"，曾遇一个十五岁上下的"真真国的女子"，金黄头发，打扮奢华而又时尚且酷（带着"矮刀"）。宝琴的评价是美得"实在画儿上的也没他好看"。更说这金发洋女子"通中国的诗书，会讲'五经',能作诗填词",在父亲的疏通下,请一位"通事官"(翻译官)得到这位洋女子的中国诗。在大家的再三要求下,薛宝琴居然现场背诵出全诗。为了渲染这一情节,现场凑齐了大观园最有诗才的几位才女:薛宝钗、林黛玉、史湘云以及无师自通的贾宝玉。小说描写道,当宝琴念完全诗后,"众人听了,都道:难为他!竟比我们中国人还强"。这句话是谁说的并未写明,却突出了是大家的"一致认为"。话题再一次就打断,却留下全书最重的一笔"国际元素"。

五十二回后面又写了一笔外国事儿。这是贾母送宝玉一件"雀金呢""大氅衣",并强调"这是哦啰斯国拿孔雀毛拈了线织的",特别精贵。后面还又写了宝玉不小心在这件宝物上烧了个洞。与晴雯等议论,并由晴雯为其设法补上,而晴雯又为此耗尽心力,还终觉做得不好。以贾府上下挥金如土的气势,为一件衣服如此操心费力并不合常规。只能说作者是要突出它是来自"哦啰斯"的外国货。

由苏轼而引发的联想

前天，1月31日，据说是苏轼诞辰日。其实，苏轼到底生于哪一天，恐怕没几个人能说清楚。但大家都这么纪念了。苏轼是"网络红人"，是文化热点，是千年之后的雅俗通吃型人才。谁能想得到。一个人，既是官员，又是文章高手、诗词大家、书法家、画家、美食家，这要是当今文艺界出这么个人，谁敢相信？

这一千年，恐怕只有苏东坡做到了这样：既高雅，又有烟火气，还能服众。做个猪肉都能被命名成东坡肉，用毛笔写诗文都能留下东坡体。和黄庭坚并列那叫"苏黄"，和辛弃疾比肩史称"苏辛"。不排第一，历代群众都不答应。

我对苏学素无研究。不过，我只觉得，在苏东坡所有的经历、性情里，乐观放达、大度包容最值得敬仰。况且，天赋异禀也学不到啊。苏轼能把被贬后的生活过得有滋有味，仿佛在山林快活得不想庙堂了，这真叫许多害他的众臣都难以平衡。所以才有他一再被放逐，越逐越远的故事。

然而这故事也变成了传奇。到处都是他的痕迹。我几年前到广东惠州，方知惠州也有一座西湖。中国叫西湖的不在少数，福州也有。但惠州的西湖却与杭州西湖有直接关联。这关联的人物就是苏轼。苏轼的妻子王氏就葬在惠州。苏轼俨然已经是惠州最有名的文化遗产。连吃个荔枝，最有名的广告词也出自苏轼："日啖荔枝三百颗，不辞长作岭南人。"

据说到了海南儋州，连方言里都有一种叫"东坡话"。去年访江西抚州，王安石与苏轼、司马光文名相当、政见不同的故事让人印象深刻，不过其中最闪光的则是苏王二人的交往史。晚年王安石曾救过苏轼一命，苏轼专程去看望了生命垂危的王安石。不管算不算"相逢一笑泯恩仇"吧，作为文人故事，还是可以作为消解"文人相轻"这一铁律的例证吧。

这两天，漫谈群请来了杨孟飞委员讲述令人振奋的航天故事。这一天正好与坊间之苏轼诞辰日重合，不禁又让人产生联想。大家都问杨委员，咱们国家什么时候实现载人登上月球？答案是：正在深度论证中。

不过我当时就想，要说以想象方式，以艺术方式实现"登月"，中国人肯定是世界上最早实现这一目标的。秦汉时期就有了嫦娥奔月的故事，其后又有了吴刚伐桂的故事、牛郎织女一年一见的故事。月球上如果真有月宫，住的应该都是咱们的人。可是这么多年来，文人笔下的月亮，远望是美好的，代表着思念，思念亲人、爱人、故乡，这种象征性符号到现在都没有改变。《月亮代表我的心》，唱出的是无数人的心声。可是如果让诗人想象月宫里的生活，他们都会警告你，那上面冷清、寂寞，去不得。这是一种什么心理先不说，月宫就是冷宫的同义词。

苏轼也是如此。"我欲乘风归去，又恐琼楼玉宇，高处不胜寒。起舞弄清影，何似在人间。"还是人间最值得留恋。毛泽东主席有诗句"寂寞嫦娥舒广袖"，限定词也很明确。鲁迅曾专门写过嫦娥的故事，这就是小说《奔月》。嫦娥因为受不了和后羿过天天吃"乌鸦肉炸酱面"的苦日子，偷了升天药奔月而去。然而，笔调间充满了"哀其不幸，怒其不争"的悲悯。

今日之中国，嫦娥奔月是铁的事实，而且"嫦娥五号"之后还有"六号""七号"。嫦娥不再寂寞，重名的就有好几位。

把基于科学技术的航天器命名为"嫦娥"，接续了中国人几千年来孜孜以求的梦想，是对一种遥不可及的梦想的伟大实现。这种自豪，是包括苏轼在内的所有古人无法想象的，是包括鲁迅在内的近代以来的仁人志士梦寐以求的。所以，我们生活的是最接近伟大梦想实现的新时代！

企慕即理想

张连起先生在政协读书国学群讨论《诗经》时讲到一个重要观点，谈道：钱锺书先生论《诗经》提出了一个名词叫"企慕情境"。这是从《秦风·蒹葭》文本以及历来的《诗经》研究中总结归纳出来的鉴赏理论。《蒹葭》云："所谓伊人，在水一方。溯洄从之，道阻且长。溯游从之，宛在水中央。"……钱先生首先引用陈启源说："夫说（悦）之必求之，然惟可见而不可求，则慕说益至。"让人们对"企慕"这一艺术情境有了一个基本的了解。

我对此说深以为然。当即呼应道：

企慕情境说值得玩味。我前几天在本群发言时，引用钱先生谈《诗经》观点，无意中也涉此论，不过，我当时只作妙解看了，不知其实早上升为理论。

……钱先生认为浪漫诗人，通常"初向往儿童，继企羡动物，终尊仰植物"。还引用席勒的名言为证："草木为汝师。"

仔细想来，这种企慕情境，不独《诗经》所有，唐诗里也随处可见。甚至可以说，企慕就是诗歌的"母题"，翻译成常用语，企慕即理想。常言道，得不到的才是美好的。但得到是一种追求，为了平衡心理，人们又发明重在过程说。这简直不单是诗人所有，实是历来人们的共识，是一种集体无意识。

我之前曾就《钱锺书选唐诗》发过片言只语，认为其选诗中多见一个"归"字，但唐诗里的归，多是写游子、离人心态。大多还不是"近乡情更切"，而是远在天涯欲归不得的无奈。故乡也成了"企慕"对象。

前几日，我也曾就《唐诗别裁集》里的"酒"字做过若干分类及分析。而且反复强调，诗人们写酒，实在不是歌咏狂饮之乐，而多是写欲饮、劝酒之意，是喝着粥想象喝酒之情境，以寄托豪情、幽思。也是一种企慕情境。

再联想，这种例子太多了，简直就是一种基本格式。比如唐诗里最普及的《登鹳雀楼》：

> 白日依山尽，黄河入海流。
> 欲穷千里目，更上一层楼。

鹳雀楼不过三层，作者王之涣上到顶层了吗？似乎没有。也或者，认为三层太低，想再登高处。总之是不满足于现实。事实上，不独千里目是"欲穷"而未穷，前两句也是想象而非写实。鹳雀楼位于山西永济，是黄河流过晋陕峡谷的南端，离"入海"处还远着呢。永济往下，撞中条山，东折，最后要经芮城、平陆、垣曲等好几个县，出山西，进河南济源，在中原大地奔走后进入山东。想象一下，站在河东之三层楼上，怎么可能看到"黄河入海流"的末端景象呢？想象而已。白日如若依山已"尽"，那就漆黑一片了，所以第一句就是对事态必然结果的判断、预计，也非写实，写的是"白日必会依山尽"。

　　杜甫的《望岳》，最后一句是"会当凌绝顶，一览众山小"。他登顶了吗？没有，是说，如果登顶，必览众山小；为览众山，一定要登顶。"会当"是一种"一定要"的意志，一种理想。总之，王之涣、杜甫表达的，都是一种企慕情境。

　　从这个意义上说，"白日依山尽，黄河入海流"的现实主义，实有点"魔幻现实主义"的味道。

　　钱锺书强调企慕情境，美学家王朝闻说，艺术表达美就美在"不到顶点"。所以杜甫不是上不到泰山之巅，而是宁愿处于"会当"之状。

艺文之思

作家艺术家要用作品说话

《习近平谈治国理政》第三卷里，收录有一篇文章《一个国家、一个民族不能没有灵魂》。我们都知道，这篇文章是2019年3月4日，习近平总书记看望十三届政协文艺界、社科界委员座谈时的重要讲话。讲话内容十分丰富。这里谈一点学习体会。

讲话特别强调作家艺术家要把出作品、出好作品作为自己的最大追求。指出："大师、大家，不是说有大派头，而是说要有大作品。"进而指出，作家艺术家"如果不把心思和精力放在创作精品上，只想着走捷径、搞速成，是成不了大师、成不了大家的。我在文艺工作座谈会上也说过，没有优秀作品，其他事情搞得再热闹、再花哨，那也只是表面文章、过眼烟云"。可以说是切中了文艺创作的要害，指出了创作的规律，也指明了一个作家艺术家的安身立命之本。

作家艺术家总是以其作品名世的。即使一个人属于某种流派，甚至创立了某种流派，发起成立了某种社团，确立了某种风格，那也必须是要以其代表性的作品来作为依托和证明。没有作品，没有具有一点影响力的作品，作品在读者、观众中没有足够的反响，只有口号、主张、活动，最终都无法证明自己的价值，不过是过眼烟云而已。

然而这个看上去浅显的道理，并不是人人都能自觉地认识到并努力地去践行，而且这种践行，必须要以自己甘于寂寞的、富有创造性的劳动去实现。当今时代，文化生产、传播丰富多彩，作家艺术家参与各类活动的机会很多。然而，如果没有记得要以文章安身、要以作品说话这个道理，而热衷于四处出镜，参与各类活动，活跃固然是活跃了，然而最终不能留下足以让人认可的作品，那也不过是过眼烟云而已。

鲁迅晚年曾经告诫，"孩子长大，倘无才能，可寻点小事情过活，万不可去做空头文学家或美术家"。这样的交代看似私家话，事实上也指出了某种深刻的道理，而且也是看到了在文场上并不乏这样的空头文学家、美术家，所以发出告诫。鲁迅的独子周海婴后来从事的是科学技术工作，并没有以鲁迅之子的名义去文场上混事。但这并不意味着他就不关心文学文化，他晚年出版的《鲁迅与我七十年》，不但是一次深情的回忆、记述，而且也为鲁迅研究留下了许多宝贵资料。

现在各种文学活动、各类艺术活动很多，但作家艺术家应该记住潜心创作才是根本这个道理，唯有推出作品，也才能使这些活动真正对于促进创作有所助力，而不使其成为表面的花哨和热闹。

独木桥上人挤人

我有一种个人的心理体验，三十年来几乎不曾消失和改变过。那就是，倘若你决定开始做某事，追求某个目标，就会发现或感觉到，有很多人同时甚至更早、更好地与你做着同一件事，追逐着同一目标。他们是同行者，是伙伴，也是竞争对手。

年轻时考托福，上考托辅导班，总是发现人满为患，仿佛凡知识青年，都在追求出国，且成绩在自己之上者比比皆是，紧迫感骤强。你要写诗，就发现到处都是诗人。你要练字，就发现周围尽是书法家。你就是集个邮，收藏个小人书，也会发现不但领域深不见底，而且高手到处都是。你自己不做，则以为天下并无此事，一旦自己有想法要行动了，才发现前有堵截，后有追兵，各种蜂拥而至。事情无论大小，领域无论冷热，要想达到高峰，难度几乎是一样的。竞争无处不有，高手就在身边，独木桥上人挤人。

最近重读《红楼梦》，同时发现周围的好几个同事朋友在写、编涉"红"文章、书籍。让我又产生这种"拥挤"的心理体验。更因一小事增加类似的联想，觉得世间的事太奇妙了。

今年上半年，我写完一本关于鲁迅《野草》的小书后，对过程中查阅的大量资料记忆深刻。发生在鲁迅身上的很多故事生动有趣，值得做社会化推广。再联想到近两年关于鲁迅的各种演绎、八卦故事太多了，以至于鲁迅形象都发生松动和歪曲，于是我想，何不自己动手，根据可靠的史实、资料、记述，编写一本鲁迅故事呢？

于是还就真的做了起来，连续写了二十四个鲁迅故事，试图还原鲁迅形象。这样的故事当然还可以继续写下去。然而就在此时，我却在报纸、网络上发现至少有两个书讯，都是以讲故事的方式讲鲁迅的。一是萧振鸣的《走近鲁迅》（三联书店），二是黄恽的《难兄难弟》（东方出版社）。呵呵，我这边还在找资料试写，别人都已经出书了。于是，我跑到书店买回了两书。然而买是买了，并不敢看，生怕看了以后就无力无心再自己写了。

但毕竟书已到手，忍不住还是看了下目录。黄恽我不熟，他的《难兄难弟》分两部分故事，上半部分讲鲁迅，下半部分讲周作人。特色明显，唯不知，鲁迅与周作人共同产生的故事，如兄弟失和，作者会怎么处理、安置，比如以谁为主来讲。

萧振鸣先生是北京鲁迅博物馆的研究专家，是"实证派"，我曾读过他的《鲁迅与他的北京》，非常佩服。鲁迅在京十四年生活的方方面面都在其中了。我也是最近才知，他曾经是鲁博一景"鲁博书屋"的主人，后转入研究。难怪文章那么扎实。

《走近鲁迅》是一本故事书，看目录，又是尽写鲁迅人生中的各个侧面，应可期待。

话说回来，尽管有这样的压力，我还是想尽力完成自己的写作。但是，再回到开始的话题，我也说不清楚为什么，近来开讲鲁迅故事的书和文章越来越多。正不知要共塑一个怎样的鲁迅形象。

我这些故事离出书还很远，也未曾发表，我就先在此读书群逐一张贴了。不管朋友们看不看，自己先有了一种我编纂的鲁迅故事也已经得到推广的幻觉。

数字时代的文学命运

　　大约二十年前，在中国，人们是这样预测文学未来前景的：影视艺术不断发展，大大挤占了文学的生存空间。网络迅猛发展和普及，手机等现代通信无处不在，文学的式微是一种必然的结局，虽然我们不能预测文学消亡的准确时间，但它的衰落无可挽回。

　　二十年后的今天，在中国，文学的繁盛超出了许多人的预想。传统的纸质文学依然具有强大的影响力，在艺术上，在思想与艺术的融合上，起着重要的示范作用。网络文学异军突起，众多的写作者通过网络文学发现和证明着自己的创作才华，网络文学也拥有广大的受众，尽管他们是以分众式的选择呈现的，但毫无疑问，因为网络文学的出现和逐渐发展，形成了文学阅读人群的几何式扩充。

　　现代科技和现代传媒彻底改变了文学的生态，但它们不是使文学式微，而是使文学插上了科学的翅膀，开始了更有力、更高的飞翔。文学的社会影响力不断增强，作家的职业感也许没有从前那么强了，但创作出具有社会反响的作品的作家，仍然具有广泛的名誉度和影响力。许多电影电视剧也因为改编自文学作品而产生广泛影响，这些改编作品既来自传统的文学书籍，也来自网络上的各种小说。一些从前与写作毫无关联、怯于用文字表达思想感情的人，慢慢地加入了写作的队伍直至显露出创作的才能。

文学影响力和人们对文学的热爱在提升，以中国作家协会会员发展为例，近年来的申请人数每年都突破两千人，要知道，这些都是已经达到基本条件的申请者，即出版过两本以上文学著作，在文学报刊上发表过一定数量的作品。中国作家协会的会员人数目前已达到一万二千人。全国各省级作家协会的会员人数总计在十万左右。文学创作者队伍之庞大可见一斑。

二十年前人们预测的文学将随着影视、网络、手机的发达而逐渐衰弱的想象并未成为现实，现实是文学表现出前所未有的强劲生命力，是文学写作的千姿百态和文学阅读的分众化。

我们有理由相信，文学的未来前景值得期待，因为人们的生活与文学的关系正在发生着越来越紧密的联系。

所谓"凡尔赛文学"

近期以来，一个与文学看似有关的词语在网络上火热、火爆，这就是所谓的凡尔赛文学。说是文学，其实不过是一种修辞，说修辞都有点书面了，实际上不过是一种流行的表达方式而已，而这种表达方式也是流行文化达到一定程度以后，必然会出现的现象。

凡尔赛文学的要害，是一个人在网络上（比如在朋友圈）以某种语言方式来炫耀自己。而这个炫耀是有一个圈套的，那就是采取先抑后扬、名抑实扬的方式。看似一个人在表达某种紧张焦虑，事实上却通过这样的方式炫耀了自己的财富实力、生活品位，显示、暗示自己不俗的社会阶层地位。所以毫无疑问，它是时尚圈、白领阶层的一种怪异的语言表达方式。它跟凡尔赛无关，也与文学无关。

一个例子就是，一个人写道，自己上班的写字楼车位非常紧张，特别是不能为自己的爱车特斯拉充电。只有花几十万元把车位买下来才可以安装充电桩。为了自己的爱车，只好咬牙把车位买了下来，从此踏实了。这当中，看上去表达的是生活里的困难，实际上炫耀了自己私车和写字楼的高档，也传递了自己购买力的不俗。

其实，炫耀是人普遍存在的心理，由于社会发展程度和生活条件不同，炫耀的点也是不断变化的。

比如上世纪 80 年代中期，计算机突然变成了"个人电脑"。在作家当中也开始出现了"换笔"，即开始学着用电脑写作。事实上，当时只有一种很初级的"浪潮"计算机可以使用。但因为是领风气之先，又是一种高科技产品，所以它在一定程度上也变成了某种值得炫耀的新鲜事物。有作家写文章就是这样开头的："开机、插盘、在键盘上敲击，开始一天的写作。"这种 286 水平的电脑连硬盘都没有，只能靠插软盘来存储文件，可是在当时这已经是最先进的了，所以很值得炫耀。而今天，人们根本无法从中看出有炫耀的意思。台式电脑已经快成为古董和专门用品了。"插盘"很老，也很"古典"。

网络上，为了获得关注和流量，人们简直是用尽了各种策略。凡尔赛文学是一种有技巧的炫耀。还有一种情形，那就是以极低的姿态获得同情，引起围观。比如十年前，新浪微博上就有一个人发了这么一条微博，他说："明天第一次坐飞机，很紧张，不知道应该注意些什么。"此言一出，引来一片同情者和好为人师者。欢乐的，支招的，教导的，比比皆是。一时成为热点。

早在五年前，我在《参考消息》上就读到过一篇文章，是一个名词解释。这个名词叫作"谦炫"，就是一个人以表面的、故意的谦虚口吻来炫耀自己。我觉得"谦炫"这个词更加准确地表达了凡尔赛文学者的姿态，但很奇怪，它却没有流行起来。因为它就是一个抽象概念，而没有洋名和文学吗？

文学，文学，有多少非文学借汝之名大行其道。

附：

Humblebrag/谦炫

"啊啊啊~吃了得有15块巧克力，坐头等舱的时候得学会自控啊，不然模特合同就没啦！"

"昨晚偶上电视的时候简直像个白痴啊！"

"火车上坐我对面的那位居然在看我写的书。好尴尬。偷看了几眼，眉毛是皱着的，完全木有享受的表情啊！"

"一睁眼，哦买嘎，我得给30个人回短信！"

这些发布在社交媒体上的内容有一个共同点：Humblebrag（谦虚地炫耀）。这个词是美国已故作家、制片人哈里斯·威特尔斯（Harris Whittels）在2010年的创造。他把这种现象定义为 "a specific type of bragging which masks the brag in a faux-humble guise. The false humility allows the offender to boast their achievements without any sense of shame or guilt"（一种特别的炫耀方式，表面在谦虚，实际在炫耀。这种虚伪的谦虚使当事人可以炫耀自己的成就而丝毫不感到害羞或内疚）。换句话说，Humblebrag 就是以一种转弯抹角甚至自黑的方式让人家知道你的生活有多精彩。

分享大概是人类的本能需求。哈佛大学的两位神经学家2012年发表的一篇研究论文说，跟别人谈论自己使我们感到的愉悦跟性或者食物给我们的愉悦相同。但是，赤裸裸的炫耀通常会让人不好意思，除非你有博尔特那样的成就和性格：他在伦敦奥运会蝉联100米和200米冠军后对记者说："I'm now a legend, I'm also the greatest athlete to live"（我现在是传奇，是有史以来最伟大的田径运动员）。

于是，humblebrag 应运而生。这种情况在名人身上比较常见。比如，伍迪·艾伦的儿子，十五岁大学毕业、十六岁入读耶鲁法学院的神童罗南·法罗在接受囧司徒（Jon Stewart）采访时说："我要是当医生多半要搞砸，所以才学法律：当年看见有机化学，我说，得了，还是上法学院吧。"再比如，美国作家约翰·莫说："维基百科竟然把我列成我们学校的著名校友，这充分说明众筹信息的可靠性。"

群众 humblebrag 的例子也不少。工作面试时，雇主可能会问你的最大缺点是什么。最常见的 humblebrag 包括：我是个完美主义者，眼睛里揉不得一点沙子；我工作太拼命，太较真儿；我就是个老好人，不愿意得罪人；我太实诚，等等。哈佛商学院教授弗朗切斯卡·吉诺和迈克尔·诺顿开展的一项实验显示，humblebrag 弊大于利。在谦虚的炫、直截了当的炫和直白的抱怨这三者之间，人们最不喜欢的是前者，最喜欢的是后者。

如果实在忍不住要分享自己的成就或得意，Realsimple 网站给出几条建议：一、英明地炫耀。你在社交媒体发布的内容里，炫耀只能占极小部分。这样，真有了不起的事情发生时，你就不会感觉有必要淡化处理。二、对自己发布的内容针对哪些读者要有敏感度。比如，某个好友刚刚遭遇了不幸，你大概就不好在这个时候大吹特吹。三、想想你通常喜欢哪些人的帖子而讨厌哪些人的帖子，从中汲取经验教训。

另外，直面现实，有些人就是万年 humblebragger（谦炫者），不要心烦，笑笑就好。

大地上的文学

在中国，自然资源包括了地质、矿产、林草等，几乎是自然环境中可见物质的一切之总和。在这样的领域工作又从事文学创作，是幸福的。最亲近自然，也最容易思考人与自然的和谐、人与世界的关系。徐霞客就是我们都知道的"自然资源"领域作家。沈括的《梦溪笔谈》写到了石油等自然资源，当然也是"自然资源"行业的文学家。

近代以来，以鲁迅为例，他青年时走出故乡绍兴去南京求学，"走异路，逃异地，去寻求别样的人们"，开始上的是水师学堂，终于改学矿路学堂。这是鲁迅真正开始的学业，并从那里接触了科学，还学了一点德语（德国人办学）。鲁迅1904年弃医从文，但直到1918年发表《狂人日记》，他真正从文间隔了差不多十四年。弃医做到了，从文谈不上。但他倒是没有放弃矿务。1906年，鲁迅与自己在南京矿路学堂、日本弘文学院的学友顾琅一起，编写了一本极具专业性的图书——《中国矿产志》，是中国第一部地质矿产专著，且此书是在日本首先印行。也可以说，鲁迅是以近代科学观念从事地质矿产研究的拓荒者。

更重要的是，鲁迅作品当中，既有《狂人日记》这样体现"一点医学上的知识"的作品，也有不少作品涉及了矿物。比如《野草》里的《死火》，精微、精细、精致、精到地描写了一块化石。而且中国文学传统里，写奇人多以奇石为借喻。四大名著里，除了《三国演义》，都以"奇石"，也就是"矿物"开头。《西游记》里的孙悟空是石头变"活"的；《红楼梦》里的贾宝玉也是个"石头人"，他一离开那块象征灵魂的"通灵宝玉"，简直就活不成；《水浒传》的开头也是写一块石碑引发的惊悚。鲁迅的小说《补天》，写女娲如何用石头补天。可以说，这些名著都是自然资源文学的一部分。

所以我认为，把自然资源作协说成一个行业作协，显然说小了。在大地上行走，视野开阔，思考深邃。读万卷书，行万里路，我们天然就做到了一半。这是一个可以产生大作家、应该产生大作品的领域，非常值得期待。中国自然资源作协的刊物叫《大地文学》，《人民日报》的文艺副刊大家知道叫"大地副刊"。行走在大地上的作家，书写大地的文学，气韵理当宏阔。

回到鲁迅的《中国矿产志》。这本书的合作者顾琅是江苏江宁（今属南京）人，终生从事地质矿产，长鲁迅一岁的学友。为本书作序的人叫马良（马相伯），是复旦大学的创始人，了不起吧。他在序中特别强调，中国矿产丰富，但若不自己看好看紧，自己开掘利用，以国之弱，很可能将被英国等列强抢夺。因此他认为"顾周二君"，看似作矿产志，实是爱国之举，目的是让国民"深悉国产之所自有"，以求成为"强国之本"，免除"为他人所攘夺"。评价"顾周二君""用心至深，积虑至切，绝非旦夕之功所能致此书成"。评价准确，关键是站位很高。把一本矿产志放到拳拳爱国之心上了，并非拔高。

在《中国矿产志》导言里，作者写道，中国古来有矿产但无矿业，为中国矿产做调查者多是欧洲来的"客人"，除了为科学，当然还有其所图。所以国人当自强，方有此志。

志书中对中国各省的矿产按照类别，金属矿产十种，非金属矿产二十种，逐一做了"登记""造册"。虽是统计数据式的写法，但其间的确流露出很强的"国家观念"。比如，在讲到"陕西省矿产"时，说"延安府延川县"有"煤油即石油"矿，但在地名之后加注说："美商垂涎甚久，现已自行开采。"讲到山东多地有煤矿，现状却是"现德人办"。时间过了一百一十五年，于今日之中国回望这些"注解"，怎能不让人感慨万端。

顺带说一句，在鲁迅编写的矿产志里，中国各省的矿产分布，三十种矿产，按开采矿业算，列前六名的是：四川一百三十三个，山西九十九个，福建八十六个，江西八十四个，河南七十七个，湖南七十六个。

回到文学。今日之自然资源文学，一样应当贯穿爱国主题，这就是，应当呼应美丽中国建设、生态文明目标。"绿水青山就是金山银山"，正好就包括了矿产和林草、矿物和植物，就是行政上的"自然资源部"所辖范围。在此意义上说，自然资源领域的作家，任重道远，堪当主流！

（本文是在中国国土资源作家协会会员代表大会上的致辞）

现当代湖南文学印象

　　现代以来，湖南作家为中国文学做出了重要贡献。凤凰古城早已经是旅游热点，我个人以为，最能代表凤凰的文化符号，是写出了《边城》的沈从文。十年前，我到凤凰古城参观，不但感受了沈从文呼吸过的文气，而且结识了生活在凤凰的优秀青年作家田耳，并在一条小街上认识了数位诗人、作家，深感凤凰的文风之盛。

　　与沈从文同时代的湖南作家，最杰出的当属丁玲。丁玲从上世纪20年代末开始，以《莎菲女士日记》为起点，一路成为最具影响力的中国现代女作家之一。她丰富的经历、坎坷的人生，以及参与中国当代文坛之深，尤其是她创作上取得的成就以及她从未衰竭的艺术才能，让她成为中国现当代文学史上为数不多的、被当世和后世人们研究、评说不断的作家。丁玲身上也体现着湖南女性的性格特点。

　　新中国成立之初，中国作家第一次获得国际文学奖——来自苏联的斯大林文学奖，两位获奖作家周立波（《暴风骤雨》）、丁玲（《太阳照在桑干河上》）均是湖南籍作家。在此之后，湖南文学一直是中国当代文学的重要力量。

　　进入改革开放的新时期，湖南文学一样十分活跃。首届茅盾文学奖就有两位湖南作家莫应丰、古华的作品获奖。

最近四十年来，湖南文学主要体现出以下几个方面的特点。

一是韩少功成为上世纪80年代中期重要的文学现象"寻根文学"的主要代表作家。他的一系列小说及其思想随笔，一时成为读者追捧的对象。他以及其他一些湖南籍作家，也成为后来的海南文学最重要的创作力量。彭见明等人的创作也屡获全国大奖。

二是以唐浩明为代表的历史题材创作引起广泛关注。《曾国藩》《杨度》《张之洞》等长篇小说，是新时期历史题材小说的重要收获。后来的曾国藩热，唐浩明的小说应该说起到了推动的作用。

三是王跃文、阎真的持续影响。王跃文的《国画》为描写基层政治生态开启了新篇。王跃文本人后来的《梅次故事》《大清相国》，也都产生了广泛的影响。作为90年代的文化热点现象，《国画》的影响堪比余秋雨的《文化苦旅》。前年我去湖南调研，同行的同事中，有一位是刚刚从某国家部委调来的，他称自己曾先后读过七遍《国画》。

另一位湖南作家阎真，因一部《沧浪之水》而蜚声文坛。王跃文是湖南省作协的现任主席，阎真是中南大学的教授。他们的创作有一个共同特点，即并非借揭所谓"黑幕"而博人眼球，他们都是以"官场"为背景，探讨个人，尤其是知识分子在其中的命运沉浮和良心选择。应该说是严肃文学的组成部分。

四是近年来的湖南文学依然保持着活跃的创造力。网络文学的崛起，湖南也有天下尘埃等创作成绩突出的作家。纪实文学领域也多有收获。以中南大学为重心的网络文学研究，也是湖南文学界的一抹亮色。

　　当然，现代以来的湖南文学有一张分量最重的名片，那就是诗人毛泽东。几天前的漫谈群还曾热议过毛泽东诗词。全国各地省级作协的文学奖或文学院，多以本省最重要的现当代作家的名字命名，以激励后起者向他们学习。如陕西省作协的柳青文学奖，北京市作协的老舍文学奖，四川省作协的巴金文学院，山西省作协的赵树理文学院，等等。而湖南省作协的文学院，自创设起就有一个响亮的名字：毛泽东文学院。

　　做大做强湖南文化，文学应当是，而且必须是重要根基和中坚力量。

融合：当代小说新趋势

1

近年来，中国长篇小说创作的一个特殊意义还在于，中国作家正在自觉地运用具有现实主义的创作方法，又能够自觉地在艺术上打开格局，也就是把先锋文学的诸多艺术元素、艺术手法融入其中。难得的是，这种并存和融合不断呈现在一个作家的同一部作品当中。过去我们说，某个作家是偏向于现实主义，某个作家是倾向于先锋文学，但是我们现在可以在一个作家的一部作品里看到这两种创作方法的融合。我认为，这种融合使得中国的长篇小说因此既具有传统的根性，又具有与时代相吻合的现代性。已经有很多作品可以为我们证明这种艺术融合上的自觉，作家的创作方法在作品中日趋成熟。

其中的不少长篇作品，比如李洱的《应物兄》等，在艺术上都给我们带来惊喜，也印合了我所强调的观点，即现实主义与现代性的融合。这些小说或者有地域性，或者有历史感，或者刻意流入纪实性，或者刻意打通人兽灵分界。这种既有当下性，又有寓言性；既有来自土地、历史、生活的根性，又有强烈的时代标识和作家艺术自觉的创作，正是我们从理论上和阅读上所期待的小说品质。

我们曾经膜拜的魔幻现实主义，其实并不神秘或者神乎其神，不少这一概念下的小说都有一个特点，就是在一部作品里把多种艺术元素、艺术手法拼接、拼贴，或者说融合在一起。它们是严肃文学，但看上去又是流行小说。小说里有地域风情，有民族历史，有严肃的政治，有民间的传奇，同时还有一种广阔的世界性。一个作家能不能调用整合这些元素，纳入一部小说当中，使其成为互相关联、交融的小说要素，从而形成一种合力，形成一种小说的力量，这对当代小说家，不仅是中国的小说家，在世界范围内也一样，是一个巨大考验。其实，严肃主题、传奇色彩、美学抱负，如果这些要素在一部作品当中同时呈现，小说的流通性、小说性、艺术价值，可能会同时得到提升。近二十年，一些中外长篇小说能够在世界范围内拥有广泛读者，如土耳其作家奥尔罕·帕慕克的《我的名字叫红》，艺术上的多元素融合应该是一个很重要的原因。

过去我们常常把文学按照类别划分，无论是题材、体裁、创作的方式，有一种非此即彼的观念，要么是余华，要么是路遥；要么是张承志，要么是王朔。但是今天，我们很欣喜地看到，中国作家正在走一种相通、融合的道路，这是一种创作实践的追求，也是一种艺术自觉的标志，有很多作品可以支撑我们这样评说。

2

时有朋友说，现在的小说不好看了，为什么？这问题很复杂，我只想说，不是没有好小说，是我们对小说的需求变了。

不仅是文学，包括电影、电视剧、综艺，都有这个问题。的确，当前文艺，不是有没有、多不多的问题，而是好不好、精不精的问题。艺术作品的提供不只是丰富，甚至有过剩之嫌，但人们又叹好作品稀少。

原因很复杂。比如，读者现在读小说，有了更多"非文学"诉求，人物故事之外，最好能领受如历史、军事、金融、科技等领域知识。这也就是我所说的创作上要有融合。

其实，我可以不客气地说，在这方面的艺术自觉和创作实践努力，中国当代小说是意识更早、实践更有效的领域。

举个例子。近二十年，中国文学艺术真正引起世界性反响和关注的，如果只举一例的话，我以为是刘慈欣的《三体》，它的外文版市场发行量是实实在在的国际影响力体现。纵然奥巴马是刘的粉丝不是什么标志，但也折射出《三体》的世界影响。根据刘慈欣小说改编的《流浪地球》，可以说使中国有了真正意义上可以与世界对话的科幻电影。

这是中国文学的一种显著进步，也是中国综合国力提升的文学佐证。路遥的《平凡的世界》无疑是当代小说的经典，我们都知道，《平凡的世界》里也有外星人出现的片段，但那时在这一点还是很浅直的，更主要证明路遥对未知世界的渴望，还不具备科幻文学的意义。

当代读者对文学的要求也变得多样、复杂和分化了。比如莫言，从艺术上来说，评论家普遍认为他写得最好的小说应该是《檀香刑》，但是读者愿意和热衷谈论的，就是从《红高粱》到《丰乳肥臀》。去年获得茅盾文学奖的小说——李洱的《应物兄》，是一部在艺术上达到很成熟的程度，同时也包含了大量各种博杂的国学以及其他领域知识的长篇小说，但是这样的小说如果需要社会认知，尤其是普遍认知、认可，那还需要一定的时间且很难，毕竟众口难调。但不管怎么说，他体现了我所讲的小说发展的最新趋势，那就是多种元素在一部小说里的融合。

文学评论往往是对文学创作实践的后置的总结，而不是先行的预判。比如对金庸的小说，从一开始很长时间，我们把它们认定为通俗小说、武侠小说，总之是流行文学的一部分，但随着评论、研究的不断深入，大家逐渐意识到，金庸小说其实还有很丰富的历史知识、社会内容等广博的知识。所以不但金庸小说已经不再被当成通俗小说、流行文学来对待，金庸本人也被追捧为文化大师了。争议归争议，但是形象的改变是一个非常有趣的现象。

这个问题很复杂，我今天愿意先说点打气的话。

§

有时候我们也会遇到这种情形，就是一个作家认为自己的作品很有创新性，同时没有在当下畅销，那只是人们的观念和欣赏能力跟不上。所以也有作家宣称，自己是为五十年以后的未来的读者写作。

但这种情形是不可能奏效的。作家首先是自己时代的反映者、表现者、记录者。当然，在表现生活时，还要有高于生活的追求，也就是说在适应当代读者的同时，也有引领时代风潮的责任。这种既要适应又要引领的要求，实际上是一个非常难以实现的命题。有时候也会出现这样的情况，一个作家，他所反映的思想情感观念，包括他所表现的生活，都是自己所处时代的真实反馈，但因为他在思想主题诉求上有超越和引领的意识与追求，所以也不一定全部能为同时代的读者所接受和认可，比如鲁迅的小说，在他自己所处的那个时代，其实也是有很多争议的。思想价值和艺术价值是随着时代的发展不断被开掘和放大的。

也有的时候，一个作家忠实于自己的时代，可是有的读者认为，这部作品的观念意识是落伍的，所以也会造成被漠视。例如路遥的小说，《平凡的世界》在他在世的时候，居然也会出现发表不了、无人出版的情形，因为那个时候文化设施观念开放，文学上是普遍求新逐异。《平凡的世界》第一版只印了区区三千册。那时候，大家都认为，这个小说太土了，与急速变化的时代生活，与追逐现代性和先锋文学的潮流相比，是落后的。

但是，过了三十年之后，当人们冷静下来再来思考，才意识到，《平凡的世界》是一部难得的作品，2015 年，随着同名电视剧的热播，小说《平凡的世界》重新出版发行，一年内的发行量就达一百万套以上。

应该这么讲，没有小说是专门为后世的人们写的。只有忠实于自己的时代，又具有高超的艺术性，才会具有恒久的魅力。

艺术创作是不能"预约"的。

关于小说的长与短

自古以来，文体流变即有规律可寻，而且这种规律常常是非文学的。这也说明，文学本身就是社会生活的产物，没有离开社会发展的艺术定律。

鲁迅在《中国小说史略》里说过，唐时诗歌兴盛，那是因为士子及第必须会写诗，并进京请文化名人鉴定。到了开元年间，文化名人读诗读腻了，就有人用话本来奉献，居然获得好评，于是，小说从此流行，而诗歌渐渐衰落。虽然这不能说就是文学史的定论，但肯定是有道理的。

现代以来，每当社会重要转型期，短篇小说总是扮演急先锋的角色。因为它可以迅速地通过形象和故事，将最新的思想、观念传递出去。

比如五四时期，鲁迅小说就是最高峰，那时的新文学几乎没有长篇小说出现。到了30年代，以茅盾、巴金、老舍等人的作品为代表，长篇小说成了全面反映社会变迁的主力。即使青年作家，如鲁迅帮助出版并分别作序的萧军的《八月的乡村》、萧红的《生死场》，他们的成名作就是长篇小说。

进入改革开放新时期，也是如此。早期的伤痕文学如卢新华、刘心武的作品，是短篇小说为主；后来的反思文学、改革文学，如从维熙、蒋子龙等，是中篇小说居多；及至寻根文学、先锋文学，中短篇仍然是主体。那时候，小说承担着思想上开风气之先，艺术上竭力探索求新的作用，长篇小说来不及，关注度也不够。

到了90年代，情形发生变化。文化市场开始成熟并渐成主导，小说文体也发生了变化。一部小说以独立的出版物出现才更具有市场效应，中短篇小说集，即使是成名作家的，卖点也不多，在图书市场上的通行力远不及同一位作家的长篇小说。

近十年来，网络文学突起，小说篇幅进一步拉长。在网络上，十万字的作品属于"短篇"，千万的长篇小说不在少数。茅盾文学奖对作品的字数要求是不少于十三万字，简直不能与网络小说比。

可见，长篇小说的兴起一样有很强的非文学因素。至于读者，不管你是之前喜欢长篇还是现在喜欢精短，有时候也是没办法的，只能在适应中选择读与不读。

其实不光是小说，电视剧也是如此。记得十几年前，还有过比倡导更正式的政策性要求，强调电视剧要控制集数，一般是不超过三十集。但事实上呢，三十集以下的电视剧几乎没有市场竞争力。因为一天就算播两集，半个月就"全剧终"的电视剧，在广告方面少有人问津，不符合市场规律。于是，三十集不但没有成为电视剧的高压线，反而成了集数上的底线。我参加过包括今年刚评出的几届"飞天奖"评奖，参评作品几乎没有少于三十集的。网络剧流行之后，集数问题似乎都不用讨论了。七八十集、上百集、第二季、第三季的电视剧比比皆是。

这就是我们有时会遇到的文化生产与接受中的"拧巴"

现象。一方面是碎片化、快餐化的担忧，另一方面是越拉越长的欣赏对象。尚待尘埃落定。过去我们说，短篇小说强调故事，中篇小说重在结构，长篇小说展现命运。这些"分工"如今也就是文学圈的人拿来怀怀旧的说法，而已。

小说的开头

万事开头难，写小说也不例外。如何开篇，如何写得既看上去平淡无奇，却又让人在文字间仿佛可以听到惊雷，这可是对小说家的巨大考验。我们读过的经典作品中，有各种各样的开头，就四大古典名著而言，都是由大到小，由远及近。大，大到宇宙，连人类诞生都是第二等景观。这是气魄，也是套路。

现代小说不再那么宏阔了，切入故事的方式各不相同。就说开头吧，也是各村有各村的高招。

最近半个世纪以来，最让人着魔的小说开头，是加西亚·马尔克斯的《百年孤独》。"多年以后，奥雷连诺上校站在行刑队面前，准会想起父亲带他去参观冰块的那个遥远的下午。"过去我把时序分为正序和倒序，那这个呢？的确够新奇。

这个开头引来中国很多作家、评论家的争相议论，啧啧赞叹。

陈忠实的《白鹿原》是这样开头的："白嘉轩后来引以为豪的是一生里娶过七房老婆。"是不是有点像呢？当然，《白鹿原》强大的故事张力和地道的中国作风，让这个开头所从何来，已经完全不重要了。

很多小说的开头又完全没有那么语出惊人，反而有故意采取看似平淡无奇、实则惊世骇俗的手法。如上世纪80年代最负盛名的先锋小说家马原，他的代表作中篇小说《虚构》是这样开头的："我就是那个叫马原的汉人。我写小说。我喜欢天马行空。我的故事多多少少都有那么一点耸人听闻。我用汉语讲故事。"这也是小说？这不是创作谈？但毫无疑问，它是先锋小说里最具冲击力和被人说道的开头。

这种"废话"式开头并非今日始。最伟大的中国小说《红楼梦》，第一回上来这么写："此开卷第一回也。"这不是废话吗，章回体的序号就在上面。紧接着是："作者自云：因曾历过一番梦幻之后，故将真事隐去，而借'通灵'之说，撰此《石头记》一书也。"好像也是一篇创作谈。

有些小说，既是极其真实的描摹，源自作者精细的观察，语句上又有着很强的现代感和奇特处。比如鲁迅的《祝福》，非常写实了吧，开头就很写实，但又不那么"实"，句子很奇特："旧历的年底毕竟最像年底，村镇上不必说，就在天空中也显出将到新年的气象来。"体会一下吧，怎么会总结出这么一句话："旧历的年底毕竟最像年底"?！读完后面完整一段，方才能意识到，此句真是浓缩得精彩，无可替代。

研究小说开头似乎也是一种"课题"式讨论对象。相比较就很少见有研究各种小说结尾的。那的确也很难得出什么有意义的结论。

我无心参与这一研究，但愿意举几个比较有名的例子，大家共同感受一下。以后读小说，说不定就会留意作者怎么开头了。

文学是语言艺术

网络时代，手机写作盛行，大家都强调听明白大意就行，不必讲究字词，如果你因为一两个字错了就使用"撤回"和"重新编辑"功能，别人大概会觉得你多余。

这种风气已传染到文学写作。现在，大家都忙着确立主题、叙述故事，认为只要故事好看、主题立得住，就可以了。文学是语言艺术，很多人已经淡忘，不那么讲究了。这一点上，我们尤其应该向前辈作家学习。

近读汪曾祺《小说里最重要的是什么》，他在文中特别强调了小说是语言艺术，作家应该研究语言，"首先应从字句入手，遣词造句，更重要的是研究字与字之间的关系、句与句之间的关系、段与段之间的关系"。他还举了好多例子说明这一点。其中最小的例证是类似于"一字之师"的故事。

汪曾祺讲道：

过去的样板戏《智取威虎山》里有一句词，杨子荣"打虎上山"唱的，原来是"迎来春天换人间"，后来毛主席给改了，把"春天"改成"春色"。为什么要改呢？当然"春色"要比"春天"具体，这是一；另外这完全出于诗人对声音的敏感。你想，如果是"迎来春天换人间"，基本上是平声字。

"迎来""春天""人间"，就一个"换"字是去声，如果安上腔是飘的，都是高音区，怎么唱呢？没法唱。换个"色"呢，把整个的音扳下来了，平衡了。

这里，称毛泽东是"完全出于诗人对声音的敏感"，让人颇为感慨。毛泽东是政治家，也是诗人，他在语言文字上的素养，是很多专事写作者的老师。我曾在《文艺报》社工作，我们报纸宣传自己时总会说一句话："毛主席对《文艺报》做过重要批示。"

那毛主席对《文艺报》的批示是什么呢？原来，1958年1月19日，毛泽东主席致信《文艺报》时任主编张光年等人，谈及《文艺报》"再批判"特辑编者按说："按语较沉闷，政治性不足。你们是文学家，文也不足。不足以唤起读（者）注目。近来文风有了改进，就这篇按语说来，则尚未。"他还说："用字太硬，用语太直，形容词太凶，效果反而不大，甚至使人不愿看下去。宜加注意。"（《建国以来毛泽东文稿》第7册，中央文献出版社1992年版，第19页。）

"你们是文学家，文也不足。"这不是一个政治家的批评，而是诗人之间关于文学语言的交流，张光年可是创作过《黄河大合唱》的著名诗人（光未然）。批示体现了毛泽东对文字的敏感、对文学语言的讲究。

网络时代的文风仿佛就是做到"大概齐"即可，一些明显错谬甚至都改不回来了。比如"治大国若烹小鲜"，本来是小心翼翼的近义词，但不少人以办大事如小菜一碟来引用，用以夸赞某人的能耐或自信。眼看扳不回来了。就说毛泽东诗词吧，误读，包括文字上的误解也并非没有。"雄关漫道真如铁"，这"漫道"，正解就应该是"莫说""不要说"之意，但不少人就以"漫长的道路"理解了、使用了，指正都没用。

央视就播出过电视剧《雄关漫道》，按正解，这是半句话哪。

总之，文学是语言艺术。语言本身就是文学的目的，这个是汪曾祺强调的，也是许多经典作家创作实践证明了的，需后人铭记并追求之。

此话题很大，容我暂且先切个小口言说这么一点。

散文是一种脆弱的文体

　　散文是一种最难用理论去框定的文体。广义的散文是一切用优美文字写下的具有真情实感的文章，一切不可归于小说、戏剧、诗歌和理论的文学作品，都有可能被划到散文的行列。日记、演讲录、墓志铭、回忆录、书信、作家的创作谈、哲学家与科学家的研究札记和随想录，都有可能被当作散文来阅读。散文和别的文体最容易在界别上发生模糊。鲁迅的《故乡》是小说还是散文，散文诗是散文还是诗歌，杂文是散文还是言论，历来都是文学研究者要面对又很难说清楚的问题。

　　狭义的散文是指那些有着"刻意"的抒情色彩、明显的"纪实"风格和夹带着艺术想象的思想议论的文章。确有一批作家，他们专事这样的写作，于是"散文家"的头衔被特定地指称某一类作家，即以现当代中国文学而论，从朱自清到梁实秋，从杨朔到秦牧，从贾平凹到余秋雨，是人们通常指认的散文家。因为他们大量地、专门地从事这样的写作。于是，散文的概念就在这样的不确定中被人们狭义地认领下来。

　　散文除了它的"兼容并蓄"外，最大的特征，就在于它同时又是一种极为脆弱的文体。我们可以谈论的，正是蕴藏在这种文体中令人心动的脆弱性。散文的脆弱在于，它是一种来不得半点虚假的艺术形式，散文中的"小我"过分狭隘，我们就不会与其中表达的感情沟通；散文中的"大我"过分夸张，失去自然与亲切，我们又会敬而远之，无法从心灵深处产生共鸣。如果作者的情感是真实的，叙事是纪实的，但在形式上拘于陈式，情感的动人性就会大打折扣；如果作者在形式上力求新变，内容上又失之于真切与独特，矫揉造作又会成为我们的第一印象。

失去动人性或在阅读的"第一印象"中失分的散文，其价值就会严重缩水。不确切地说，类似的情形如果发生在小说里，还有补救的余地，发生在诗歌里还有谅解的可能。而散文是丝毫不可放松的。于是这个看似无形的不确定文体，其实对写作者往往会提出最为严酷的要求。一个人刻意去做专门的散文家，事实上要冒极大的风险。因为就文学史的情形看，许多脍炙人口的散文名篇，都是非专门家写成的，成名的机缘有时甚至带有一定的偶然性。谁能说诸葛亮含泪写下的《出师表》、鲁迅愤怒而成的《记念刘和珍君》是冲着散文写作去的呢？

散文，既可以是出师前的动员，也可以是父亲的背影；既可以是对白杨的礼赞，也可以是对荷塘月色的欣赏；既可以是领袖的一篇演说，也可以是普通百姓的一封家书；既可以是面对黄河的合唱，也可以是对桨声灯影里的秦淮河的倾听。所有这一切无疆域的奔驰，都取决于是否能表达出令人战栗的真切感情，是否把持住了那一份脆弱的真情，是否体现了人类智慧的尖锋。

诗之品质

　　诗歌，是个性表达非常突出的艺术，诗人同时又要对国家、民族承担起自己的道义责任。所以优秀的诗人，始终都在处理这样一种关系：时代与个人。中国古代诗人，屈原、李白、杜甫、白居易、苏东坡，凡我们能想到的杰出诗人的名字，无不在诗中处理个人和时代、和社会、和国家的关系。鲁迅评价同时代的青年诗人殷夫时就指出，他的诗"并非要和现在一般的诗人争一日之长，是有别一种意义在。这是东方的微光，是林中的响箭，是冬末的萌芽，是进军的第一步，是对于前驱者的爱的大纛，也是对于摧残者的憎的丰碑。一切所谓圆熟简练、静穆幽远之作，都无须来作比方，因为这诗属于别一世界"。突显的就是一位已成革命烈士的青年诗人对时代、对革命的热情。

　　在当代中国，有过诗人尽量克服个人性而努力突出社会主题的时期，也曾有过一些诗人又试图过滤掉时代的主题，突显其极度个人化的标识。如何寻找自己在时代社会中的方位，这是需要诗人思考并不断探索和处理的命题。

　　没有只为写诗而写诗的伟大诗人，真正的诗歌有"唯美"的质地，但唯美不是诗人写作的出发点和归宿。诗人是属于自己时代的，他也属于自己的民族和国家，他的情怀一定是大的，"大我"的主流位置是诗人狂放心性的突出特征。

必须看到，诗人呈现出一种复杂的形态。他们是敏感的，也是尖锐的，有时，他们是呐喊的先锋，也有时，会在诗中表达落伍的哀叹。一个诗人，在现实生活中可能是一筹莫展的低能儿，甚至可能是一个时代的"零余者"，但孤寂中、面壁时，他又是把自己无限放大的人。他的才华或许本来不是为诗歌准备的，但各种命运和机缘导致他必须把天大的抱负、无限的才华，宣泄到需要"戴着镣铐跳舞"的诗歌创作当中。

从这个意义上，我们甚至不能说诗歌是创作出来的，它是借助诗人的心灵和笔端奔涌而出的一股力量。即使诗人本人，时过境迁后，也难以复制他曾经的激情、感情、顿悟、愤懑和豪情。他在这种渲染和宣泄中表达出超越自我的情怀，让人看到一个诗人自觉担负起的使命和责任。

诗歌的品格取决于诗人的境界。诗歌的辉煌和诗人的命运有时同向顺应，有时也会背反，让人永远对它产生探究的冲动，永在寻找却似乎很难找到最准确的、终结式的答案。

新诗一解

　　新（现代）诗与古（古代）诗，都有名篇，但人们品评时常常会说：经典古诗不但情好意好，字（single word）也妙得不可替代。新诗就不同了，气象可以万千，用字似乎就缺少可耐琢磨之处。

　　事实上，好的新诗一样讲求字词。郭沫若的《女神》，似乎只被后人强调了气势。戴望舒的《雨巷》又多被认为是意境占了优。其实，这些诗在字词选择上一样极求精准。不可替代之精妙字词，绝不仅属古人。

　　徐志摩的《再别康桥》里有一句："在康河的柔波里，我甘心做一条水草。"其中，"甘心"是不可以用"甘愿"去朗诵的。同一首诗中，还有"波光里的滟影，在我的心头荡漾"一句，很多出版物及网络转载，把"滟影"改成了常见的"艳影"，意境低了好几档。徐志摩的《沙扬娜拉》中，有一名句"那一声珍重里有蜜甜的忧愁"，常被人引用、朗诵为"甜蜜的忧愁"，诗味顿失。

　　而且，新诗跟古典诗一样，也是讲求诗眼的。因为早期的新诗倡导者、实践者，也深谙古诗之道，如闻一多。这种对诗眼的在意与追求，一直到当代如朦胧诗，不乏例证。

闻一多的长诗《红豆》"之十",是这样写的:

红豆(四十二首)·十

我俩是一体了!
我们的结合,
至少也和地球一般圆满。
但你是东半球,
我是西半球,
我们又自己放着眼泪,
做成了这苍莽的太平洋,
隔断了我们自己。

全诗想象大胆,把自己和爱人想象成地球,眼泪想象成太平洋。一首短诗这样写,大有回不去之险。然而最后一句"隔断了我们自己",诗意全出。而这诗意之功,重在最后一句做成的诗眼。可谓妙也。

诗人与诗的断想

　　每当参加诗人们的活动，难免会遥想，古代诗人雅集时会是什么情形。报国无门、怀才不遇几乎已成代代传承的"写作模式"，大家在一起喝酒倾诉扪虱而谈。由于个人"风度"已成"文坛"风尚，所以不管是不是抱有如此人生观，大家都得学做这种样子。鲁迅在《魏晋风度及文章与药及酒之关系》中即有生动描述。比如魏晋时诗人们流行吃一种叫"五石散"的药，吃完药以后非走路不可，谓之"行散"，凡诗人都以"行散"二字入诗。

　　古代中国的诗歌史，其实就暗含着这种一代又一代的风尚。小诗人向大诗人的致敬方式，就是学做大诗人的风度和行为方式。鲁迅在同一篇演讲里说："东晋以后，作假的人就很多，在街旁睡倒，说是'散发'以示阔气。就像清时尊读书，就有人以墨涂唇，表示他们刚写了很多字的样子。""不才明主弃""无人信高洁"几乎是古代诗人们自动铺垫好的感情基调。屈原本来是官位不大的政治家，失意后成了诗人，尽管其诗读之不易，但其决绝离世的方式却成千古佳话，成为大众皆知的诗人。初唐里年轻的王勃，北宋时年长的范仲淹，或忧国忧民、或恨自己不被人认可，都是一种"小我"中有"大我"

的情怀。中国古代诗歌的思想与艺术代代相传，有迹可循。

现代以来，从《女神》到《死水》，从《再别康桥》到《雨巷》，从冯至到卞之琳，从臧克家到贺敬之，现代诗歌脉络清晰可辨，值得入史评说。新诗尽管在文体上从最初的《尝试集》开始，艺术创新还有很长的路需要走，却一样留下许多经典名篇，中国新诗在现代文学史上是时代呐喊的先声。

新时期以来，朦胧诗将中国新诗推向思想艺术的高度，佳篇名诗不但传唱不衰，而且高度社会化，是同时代中国文学的制高点。此后呢？我们更多看到的是变成小说家、编剧、散文家、书画家的诗人。是乱"体"流行的诗歌风尚。想起苏童的小说《肉联厂的春天》，写诗的青年冻死在肉联厂的冷冻室；余华的小说《战栗》，失落的诗人再也不能享受当年的风光。中国诗人集体性的对诗歌本身的失望是少见的。的确有一些优秀的诗人，但他们被淹没在庞杂的纷繁中，模糊了身影。诗人雷平阳把自己在一次诗会的发言定题为《有一条路，我打算一个人走下去》就颇有意味。

诗人们行走在诗歌的道路上，却很难找到同行者，他们要么远离诗歌这条路，要么各人自认为自己可以独自走一条道路。这是网络时代无法逆转的趋势，也证明优秀的诗或诗人还没有组合成一种强大的力量。诗人于是变成了一个个孤独的个体。在一定程度上讲，今天的诗人比以往任何时候都更加孤独，因此坚持选择诗歌就更加不易，更具艺术上的道义感。中国诗歌何时能汇聚成一种集体的力量，一种可以影响时代的诗的力量，这是需要继续观察和期待的。

诗意应存活在所有艺术里

文艺是美的艺术，一部文艺作品的思想、主题，都必须蕴含在优美的艺术性之中，才能具有感染力和感召力。这是常识，但这一常识经常被忽略，甚至被遗忘。

诗意，应该是一切文学艺术作品都应具有的品质，诗意不仅仅属于诗歌。小说是讲故事的，故事里要不要有诗意？报告文学是记述人物事件的，字里行间要不要追求美感？这些问题单说谁都不反对，但我们面对一个具体的文本时，却会省略一些东西，而那被省略的部分，或许正是一部作品不具备，事实上它必须应该具有的内涵。诗意与美感，常常被这样省略。我们的文艺因此具备了很多东西，却失去了它的本来。

鲁迅评价司马迁的《史记》为"史家之绝唱，无韵之离骚"。作为"史家"，司马迁完成的是一次"绝唱"。一部史传作品能让人读出《离骚》一样的诗意，更能说明鲁迅对其价值肯定的"方向"：《史记》是艺术，是一部蕴含着悲壮、悲悯与悲凉情绪的"叙事长诗"。这是非常值得人去寻味的评价。当我们从司马迁的书中努力寻找历史人物的踪迹的时候，我们更应该读到司马迁为后人营造的历史风云背后更具立体感、更令人回味的人心世界。帝王的面目、义士的风采、春秋战国独有的精神气象，这些可贵的品质才是《史记》留给后人最大的财富，也是这部史书成为伟大文学经典的根本原因。我们常说时代需要史诗般的精品力作，而忘记了有"史"与"诗"真正融合为一体了，作品才可能是传得开、叫得响并能传之久远的经典。

诗意是文艺的基本特征，而不只是诗歌艺术的一种形式。伟大的文艺作品说到底都是诗，经典的小说，经典的散文，经典的戏剧、电影、电视剧、音乐、美术，无一不是如此。

从美学意义上去阅读、欣赏、阐释一部作品，从诗学的立场去评判一个作家的创作潜力，这种功能从有意无意地削减，这或许是当代文艺批评面临的最大危机。

回到常识，从常识出发，为文学艺术找回诗意，是作家、艺术家、批评家的共同职责。

文艺也应鉴往知来

文艺作品中的历史观常常引来关注，不乏争议。一些人以"虚无历史"为目的，在事关历史过程、历史事件、历史人物等重大问题上，缩小、扭曲和否定对其立场、观点不利的历史，夸大、杜撰、颠倒那些所谓史实、史料，以图于己有利。

新时代中国社会发生巨大变革，改革开放历史进程，为作家艺术家提供了取之不尽的源泉，绵延五千年的中华民族历史和丰富多彩文化，同样是作家艺术家用之不竭的创作资源。在各类文艺创作竞相迸发的时代，在传播手段日益发展、文艺欣赏趣味愈加多样的时代，同一个历史事件、同一个历史人物，在作家艺术家的创作中会呈现出不同风貌和姿态，这是文艺发展蓬勃的体现，也是文艺创作将历史和现实形象化立体化过程中的必然。

题材的开拓，主题的开掘，故事的叙述，情感的抒发，离不开对历史事件和历史人物的理解和评价，所以读文学也是了解历史、认识今天、展望未来。在这个意义上，创作者对待历史的态度以及所作评价就远非是个人旨趣的表达，更是其所需承担的社会职责。

历史是最好的老师，它忠实记录每一个国家走过的足迹，也给每一个国家未来的发展提供启示。历史可以鉴往知来，文艺作品所呈现的历史同样在潜移默化中发挥作用。当前，"戏说"历史的做法经过理论纠正已有很大改变，但丑化英雄，消解崇高，以极不严肃的戏谑方式对经典作怪异"改写"时有发生。无论是创作还是评论，在切入历史课题时，都应特别注重对历史整体观的掌握，对相关历史文化进行充分认知，将典型环境中的典型人物作符合历史真实的生动表达。那些拥有广泛持久影响力的历史题材作品，很大程度上得益于创作者对相关历史文化状况的深入了解和专业研究。

准确掌握历史规律，是作品主题符合历史趋势、当代需要并艺术地感召未来的重要参数，也是对文艺创作者态度、能力的考验。

向文学批评致敬吧

人们都在诟病文学批评，说它这也不好，那也不对，说它"病了"都不够，非得说它"死了"才解气。可是环顾一望，也就文学批评还是成理论、成体系、有传统、分工细的批评领域吧。其他很多艺术领域的批评不乏优秀者，但无论从队伍数量、发表阵地、理论资源、对创作者和受众的影响力来说，似乎都还无法和文学批评相比。

都说文学是其他艺术之母，是它们的"头道工序"，那道理不言自明，很多影视剧、舞台剧中的"精品"，多有改编自文学作品者，而且不但是改编当代作家的优秀作品，历史上的经典文学作品也经常被改编一次甚至好几次。其实，文学批评又何尝不是如此，从新时期以来，文学批评从来都毫不吝啬地为其他艺术领域的批评提供最基本、最充足的理论资源。

文学批评有今天这样的格局，不单单是当代批评家的功劳，前人留给我们太多的资源和资本，"后人"多是"乘凉者"。不但是中国，即使在国外、在西方，说文艺理论，基本上是在说文学理论，很多艺术领域的理论大多从文学理论出发。

由于电影、电视剧出现与发展的历史还远远不能和数千年的文学史相比，所以，客观上形成了以文学批评的标准进行影视评论的情形。很多人向电影和电视剧要主题、要思想、要深度，其实是文学带来的惯性所致。经常会看到这样的情形，影视批评向影视作品要求的，和观众看影视作品希望得到的，在心理基础、出发点、目的性上存在很大差异。批评家说它搞笑、"三俗"，观众却说图的就是一乐；批评家不以为然乃至深恶痛绝的，观众中的影响力却大得惊人。这其中有很多复杂的理论问题需要梳理，需要以影视自身的特点、标准而不是以文学的特点、标准完全对应地去要求。

同时，在创作与批评之间，所有的批评和文学一样，都是以纸质媒体为主要的言说阵地，电影院里没有批评，电视里少有批评，看电影、看电视的人需要读书读报读杂志，方能获得专家对影视作品的评论，这种错位也导致了影视批评与受众之间的隔阂与不对位。

很多从事其他艺术领域批评的专家，也多是学文学出身的，从爱好文学、研究文学转而爱好电影、从事影评，这也造成影视批评的标准还拖带着浓重的文学批评的影子。这情形仍然是中外一理。法国的罗兰·巴特、美国的苏珊·桑塔格，都是电影领域的重要理论家和批评家，但他们首先是文学批评家，他们的学术准备、艺术学养包括他们的美学趣味，主要还是文学的。

在当代中国，文学并不是最活跃、最受世人热捧的领域。网络时代，读书已经在一定程度上成了"读书人"的事。由于悠久的历史所致，文学批评仍然是分工明晰、门类严整、专业理论齐备的领域。小说评论家、诗评家、戏剧文学评论家、报告文学评论家……各行其是，仿佛属于不同的群体。在当代中国，各个艺术领域其实早已出现百花竞放的局面，但艺术批评还远没有进行如文学批评一样的划分。甚至很多领域，如音乐、曲艺等领域的批评，主要靠该领域创作者、表演者中的"名角"来评说。看看各种流行音乐比赛、相声比赛的"评委席"就知道，反复使用热烈的形容词进行现场评价还是该领域艺术批评的基本"术语"。

文学批评带着厚重的历史走到今天，这既是资源、资本，也是负担、压力。文学批评有许多古代、现代的令人尊敬的大师和前辈，这既是榜样、力量，也是某种挥之不去的焦虑。

与中外文学批评伟大的历史相比，今天的中国批评的确显得不够提气、不能服人，无法发出震人心魄的声音，不能对作家的创作、对读者的欣赏产生根本性的、引导性的作用和触动。但文学批评仍然是所有批评队伍里最庞大的一支，每一年从中文系产生出来的硕士、博士，都是潜在的"文学批评家"。文学批评的发表阵地相对也是最多的，在全国各地，专业的文学批评期刊仍然保留有十多种。说真话，说专业的话，说与作家对话、与读者交流的话，说有理论、有见地又能够明白晓畅的话，是文学批评家的重要职责。而且，文学批评家应当看到，今天的文学和艺术，已经在更大程度、更多层面上发生更加复杂的交错与交融，很多艺术领域的创作非常活跃，它们的创作生产、表演制作、影响传播，有太多可以评说的地方，它们同当代文化思潮，同人们普遍的观念意识、审美趣味、生活方式发生更加直接和紧密的关联，迫切需要用批评的眼光去观察、发现、评说。这其中有很多是"薄弱环节"，甚至有的还是"空白地带"，文学批评家为何不能带着自己的学问去"角逐"一番呢？历史上、现实中，这样的成功事例可以举出不少。

文学批评是个庞然大物，是个庞大"家族"，现在，这个

"四合院"、这个"家族"很难再那么严密、规整地继续下去了，墙外的世界五光十色，"家族"内部也充满了要求变革的声音。这种变革正在发生。文学批评没有也不会死亡，它仍然是文艺理论最重要的"输出者"，仍然是文艺批评里最完整、最专业的领域。

我们应当充满自信地向文学批评致敬。但同时，我们要记住，我们是在向历史，向伟大的文学批评家、经典的文学批评致敬，而我们自己，则要在被诟病的包围中，发出独特、真诚、专业的声音，以不辜负文学批评伟大的历史和完备的理论。

文艺批评一解

作为长期从事文学评论与研究的人，常常会面对各种提问，除了探讨小说诗歌，有时甚至会被问及文学批评，以及作家和文学批评家的关系。

比如有朋友问：作家是如何看待评论家的？答：每一个相识的评论家个人都可能是好朋友，都有才学，这些评论家加在一起组成的评论界，就被他说得一钱不值了。

又问：那评论家又是如何看待作家的？

答：每一位被评论的具体作家都写出了优秀作品，最新的就是最好的，这些被评论的作家集合而成的创作界，则真的不被评论家看好。

面对个体，尤其是变成评论对象，评论家总会以热情为主，也有时，文章本身就是出于情谊、欣赏而作。谈总体则无须面对认领者，语气则会变得坚硬而有立场起来。然而，总体不被看好，其中的活跃者、代表者又怎么会优秀呢？这个矛盾似乎很难解释与处理。

记得是前年，我应约为一家文学评论刊物创刊周年题写赠言。我提笔写了下面两句话，是我对刊物的期待，也是我的批评观之一种的表达。

这句话是：

    岂因溢美伤真切
    不凭苛责论英豪

一部文学艺术作品，就像一枚硬币，总是有两面。

艺术批评亟需加强

由于我本人有过《文艺报》的工作经历，所以在文学之外，也渐渐关注、涉猎其他艺术门类的评论。

每一个艺术门类都有其创作规律，都有必须符合自身规律的创作方式，也都有各自的传播和推介渠道。比如中国的电视剧，近二十年来发生的变化，无论是艺术上还是作为产业，都是非常巨大的。中国电视剧已经形成了一个庞大的创作、制作、推广行业，优秀的电视剧不但在国内有广大受众，其中不少也正走向海外，产生了广泛影响。这其中有很多作品需要进行及时、中肯的评价，有太多的经验需要总结。

相比较而言，电视剧评论还有很大的开掘空间。

一是电视剧评论包括整个电视文艺评论还没有形成自己的理论体系。我们的理论还都是基于传统的文学理论进入新兴艺术品的，结合电视艺术自身特点特别是将产业特点与艺术规律相结合的理论还有待加强。

二是电视剧及整个电视文艺评论在媒介和渠道上还有进一步向艺术本身结合的必要。电视是大众媒介，电视艺术在高雅与通俗、普及与提高方面有许多需要探讨的现实问题。目前，我们的电视文艺评论主要依托的还是传统纸媒，如刊物和报纸，这样就势必造成观看者与评介者信息不对称，评论的声音不能最有效地传递到受众面前。

在我的心目中，最优秀的批评家必须是以文学为根基，以分析经典作家、经典作品为擅长，始终把文学作为艺术之根来对待和理解，文学既是其出发点，又是其归宿。

但一个批评家绝不应仅仅限于谈论文学。

批评的眼光体现在，在批评家眼里，一切皆是批评的对象，都可做艺术的分析。当罗兰·巴特讨论"埃菲尔铁塔""巴黎没被淹"这些看似非艺术话题时，时时处处流露出一个批评家慧眼独具的能力；当苏珊·桑塔格在其著作中讨论"疾病的隐喻"，讨论战争、历史与艺术的关系的时候，你才会发现，做一个批评家其实是一件比创作家更幸福的事。而且他们无一例外地都对电影、摄影、美术甚至服饰、时尚展开生动的批评，使一切成熟的、不成熟的，高雅的、流俗的，都变成艺术史、审美史当中的一部分。

与这些经典的批评家相比，我们的差距还很大。一方面加深理论根基，另一方面广泛涉猎；一方面有成规定见，另一方面敏锐观察周围世界所发生的一切，这样的学术的、艺术的，专业的、大众化的素养，是对当代批评家提出的综合要求。

文学也应传递科学精神

中国文学从来不缺乏幻想，幻想甚至可以说是中国文学非常突出的一个特点。中国古代绵延几千年来的文明中也有非常杰出的科学发明和技术创新。但科学和文艺之间有效地结合应该是在现代以后才出现，很长时间以来，我们有幻想文学，但不能说有科幻文学。

随着科学技术的不断发展，特别是改革开放以来，文学艺术事业繁荣发展，我国的科学事业也取得了重大进步和成就。在这样的背景之下，新世纪以来，特别是近十年来，我们的科幻文学取得了举世瞩目的成就，有它的必然性。

这个必然性在于，我们第一次出现了真正意义上的把科学和幻想有效地结合，真正有助于人类去认识自身，认识世界，认识整个宇宙，也开始想象自己未来的可能性。文学、艺术提供了助力，同时它也借助了科学的翅膀，借助了科学的力量，这一点是非常重要的。

把科学精神注入文学里，是做出了很长时间的努力才有今天这样的成果。鲁迅先生大约在将近一百年前说过这样的话："科学虽然给我们许多惊奇，但也搅坏了我们许多好梦。"（《春末闲谈》）

也就是说，有一些幻想可能是没有科学依据的，比如说嫦娥奔月，比如说女娲补天，这是纯粹的人类幻想，它们和科学之间的关联我们还没有找到。

中国的科幻文学要进一步发展，首先要强化科学精神，要提升科幻文学作品中的专业科学知识、专业的才能，这也是非常重要的。因为既然叫科幻文学，如果没有以科学精神、科学技术的专业知识作为它的内力，它的发展离"科幻文学"这四个字还很远。文学中应该具有更多专业性的科学知识，这样才能使科幻文学对我们认识自我、认识世界、认识宇宙、畅想未来发挥非常积极的正能量作用。

一部好剧的诞生

——谈电视剧《装台》

一部剧带火一个"冷词"

电视剧《装台》播出，各方反响不错。这部剧改编自作家陈彦的同名小说，陈彦因长篇小说《主角》获第十届茅盾文学奖。而《装台》是一部反映戏剧舞台装台人这些普通劳动者的作品，一播出即引发强烈关注，其中有许多值得总结、可以说道、提供启示的地方。

据说，《装台》改编电视剧时，曾经有过一个听起来比较都市化、时尚化的名字：《我待生活如初恋》。这个剧名来自一句流行语：生活虐我千百遍，我待生活如初恋。

看完全剧，觉得此说也不是很不靠谱。的确，装台者这些小人物，生活里充满了艰辛，却又顽强地活着，还无怨无悔地热爱、拥抱着生活。不是很有道理吗？而且毕竟是电视剧，为了收视率，大家谁不想起个吸引人的剧名呢？近些年来，眼见得一些古装戏、乡土题材，装在很散文化的剧名里。

"装台"是个生僻的词汇。它与艺术无关，其"小众"的程度注定了很难传播。的确，从电视剧是大众艺术的角度讲，必须把这个小说名改成流行语。然而最终，电视剧仍然以《装台》之名播出。我以为这是一件幸事。不是说因此就保证了严肃，也不是说因此就为一个行当提供了声名远播的机会。而是说，艺术，应该有从容不迫的姿态，借一个热词炒热一部剧也许无可厚非，但通过一长串人物故事让一个陌生的、冷僻的概念引人关注、形成话题，更可见艺术作品的魅力。而我以为，《装台》的热播正有这样的意义。

因为《装台》，让"装台"这个词有了活泛的可能。

对一部作品来讲，尤其是今天，起什么样的名字或题目变得很重要。作品太多了，没有特别的标识如何能引人关注？要尽量大众化、流行化、时尚化一些，如果贴近心灵鸡汤，或者内幕、八卦等，似乎更容易走红。有时也要想办法酷一点，让标识性更突出。这就跟书法一样，春联体最实用，丑书抢眼球。然而，我还是想强调，艺术创作，贵在从容不迫。

有一次，和作家麦家聊天，他有一个说法我印象深刻，他认为，阿来的小说《尘埃落定》救活了一个成语，这就是"尘埃落定"。本来这个词并不活跃，然而因为阿来的小说，这个词活了，流行了。我觉得此说有理。麦家最新的小说《人生海海》，是不是也有以小说名让一个方言词流行开来的想法？我不知道。但他的《解密》其实在一定程度上为"解密"一词在媒体上、口语中的流行起到了推波助澜的作用。其他如电视剧《潜伏》，也是一个剧名推热一个词语的例证。

一位作家、艺术家为自己的作品起什么名字、题目，似乎也真的是有点讲究的。比如贾平凹，近二十年的长篇小说名，几乎都是两个字。《废都》《浮躁》《高兴》《秦腔》《古炉》《带灯》《暂坐》……我能想起的作品，都是两个字。尽管他也有过《怀念狼》这样的长篇小说，但二字结构却似乎是其偏好或执念。

《装台》让"装台"热了，或者，"装台"没有成为制约《装台》热火的因素。这个小小的点是不是值得一说？

一部作品起什么名真的应该慎重。我上面描述了以"热剧"带火"冷词"的惊喜，以名字生僻证明内容为王的艺术铁律，但并不能因此认为，起个轻松的名字就一定意味着轻佻，也绝不意味着作品名字一定是越短越好。古今中外的名著里，什么样的作品名都有，甚至还有《1984》《2666》这样的"数字化"名著。有的作品，名字长得超出人们想象，却也说不定让人留下深刻印象。

前一段召开《装台》研讨会，好几位专家都提到了剧名问题，大家仿佛都有一种"装台"二字终究保留下来的欣慰感。还有朋友提到一个颇有喜感的说法，说《装台》在中央电视台播出，剧名《装台》就仿佛"中央台"的急促式谐音。就像"酱紫"和"这样子"的关系一样。

以此强调缘分，还真是有趣。

《装台》的文学性与戏剧性

《装台》是一部关于边缘人的作品。边缘人物如何成为中心？文学艺术是最多途径。对一个舞台来说，装台处于所有与艺术沾边的行当之外。电视剧片尾的字幕里，即使有"车队"也不会有装台人的名字。然而作家陈彦把他们写成了艺术舞台的一部分。电视剧坚持了这一主题主线。

强调了装台人的不可缺少，不是强调没有他们就没有艺术，而是强调了，劳动者以默默无闻的形态为艺术的华彩赢得了空间。选择装台人可以说是一种题材选择的独特，更是出于在舞台的声光电中念念不忘劳动者的感情和创作观念所致。

装台者之上的都是艺术，都有可能是牛人。比如灯光师丁大师，其实也是幕后者，却可以拿出一副艺术大师的架势。装台者却没有，不可能。他们是从各个外县来这里谋生的，领头的刁顺子是城中村里人。

《装台》真正展开的是装台者五味杂陈，辛苦、艰苦，却也充满快乐的人生。他们的朴实也是一种达观，他们的乐观也是一种价值观，他们的忍耐力也是一种境界，他们的互相关爱也是一种善良。他们生活里的故事、生命中的感受，充满了丰富的色彩、戏剧性的情节、悲欢离合的曲折。在这些温暖的情感和深沉的主题下，"装台者"这个身份，似乎恰好是一种借用。他们代表的已不是装台者这个小小行当，而是许许多多普通人的生活状态，是中国人心灵底色中的诸多闪光与美好。

本来是着眼于聚光灯照不到的一个小群体，却折射出普通人如流水般的生活。因为他们的身上反映出的情感、品质，又远不是"装台"这两个字可以涵盖的。《装台》是平凡人的典型化塑造，平凡人生的生动叙述。它展开的是一幅比舞台要大得多的人生天地，但它们又都和舞台有关。

关注小人物也拥有的深沉情感和美好品质，通过他们的细碎生活折射一个时代的巨大变迁，反映生活里那些急速的改变和永恒的不变。这正是《装台》始终秉持的创作自觉，也是《装台》的文学性体现。

说到文学性，还需补充一下。并不是强调此性就高于其他性，而是说，作为其他艺术的母本，文学经常以看似平静、波澜不惊的故事，指出、暗示、自然流露出深沉的、重大的主题。文学作品中也许并没有弄潮儿的身姿，而那时代的潮流涌动却让读者深刻地感知着。

传统文艺理论有一种说法，任何艺术在极致处都是不可改编的，改编过程必然会丢失栖息在原来艺术体裁里的内涵。比如鲁迅小说，就很难改编成影视作品。电影《祝福》的改编是最成功的，但在祥林嫂悲剧的深度上，显然还与原著有距离。鲁迅本人对《阿Q正传》的改编保持警惕，因为担心那会只剩下滑稽。事实证明，这个担心并非多余。

然而，这种观念在最近二十年来已经改变，而且是世界范围的改变。小说家强调自己是"讲故事的人"。南美的魔幻现实主义、欧美的主流小说，多有以通俗故事包裹严肃主题的例证。我曾经举过土耳其作家奥尔罕·帕慕克的《我的名字叫红》为例，谋杀、侦破、言情、地域文化、民族宗教的描写之下，有着对历史、对人类命运的深沉思考。

这就是文学性之所在。《装台》坚持为读者为观众提供好看的、生动的故事，故事的背后，又有着对时代生活的描摹，悲欢情节中，可以感知人物内心涌动着的对美好生活的向往，以及互相关爱的温暖。受众可以感知创作者深刻的悲悯、同情，对人物、对生活本身的爱。

陈彦是在戏剧领域里"潜伏"着的小说家，他的小说自然具备了很多小说不具备的戏剧性特点。

在艺术上，长篇小说的成败很大程度上取决于结构。在今天，结构的好坏更是分出高下的标准。当代小说产量极大，如果要我说长篇小说普遍欠缺的是什么的话，我认为是结构。以一个人物贯穿引出一连串故事，故事的游走不能织出一个立体的、互相关联的网状图景，这是很多小说艺术上不够精致、让人回味不足的重要原因。陈彦做到了。他的小说具有复杂的人物关系，既有纵向的推动，也是相互间的纠缠，在纠缠中推动的故事往往能制造出更强的戏剧性。而且，陈彦是自觉在作品中添加戏剧性因素，点化、点染着人物故事的走向和作品的意趣。

电视剧《装台》强化了这种戏剧性。有的甚至是新的添加。比如，剧中有位叫"黑总"的角色，他时不时地会站在城中村的街上，冲着眼前的人和事做出一两句看似无厘头似乎又有关联的自言自语式的评价。他的话都不是怪话，都是报纸上、电视里的标准词儿，强调的都是人们应当遵守秩序、和谐相处。比如看到顺子跟人争吵，他说：吵什么，和谐社会嘛！看似跟故事无关，却别有意味。让人想起《宝岛一村》里的那个忽然从台上飘忽而过、念念有词的老太太，也让人想起鲁迅《风波》里的九斤老太，时不时地自言自语，虽非实指，却又针对着故事。

还有讽刺带来的戏剧性。戏剧，即使在正剧里，也需要有适当的、适量的讽刺。这些讽刺体现出的不是刻意的恶意，而是趣味和善意。《装台》里的讽刺表现在：丁大师，一本正经、自以为是、天下第一，但又忠于职守。铁主任的夫人人称"丹麦人"，这一绰号是对"初学的时髦"者轻轻的讽刺。刁大军，死要面子活受罪，但又善良纯正。举止行动让人担心，又挑逗人关注。富是装出来的，出手阔绰既是一种装富，又带着真挚的亲情。

《装台》的戏剧性还体现在人物关系的组织上。如刁顺子、素芬、杨波，菊、二代，八叔和他的前妻及朋友，刁大军、玛蒂及回乡后的人事交往，刁顺子为头领的装台人，这些人物组合互相交叉、交融、冲突、聚散，组成一个个特殊的关系网络，延展至其他街坊邻里——熟悉的、陌生的人群中。舞台上的主角们，秦腔团的团长、靳导、各种角儿，是以铁主任为主打开的另一社会层面。所有这些，共同构成一个立体、丰富、饱满、合情合理的戏剧世界。

从文学到影视，互相成就

电视剧《装台》以强烈的地域标识引人注目。近二十年的中国综艺舞台上以及电影里，陕西关中方言、秦腔为主的地方艺术，已经有了很强的通行能力。《装台》直指古城西安，钟楼、大雁塔、古城墙，各种美食、小吃，浓烈的关中方言，等等，共同营造出一种积淀着周秦汉唐古风的西安味道。方言俚语里不但有特别的字词，如"咥"，更有此地人自嘲与他讽相杂合的诙谐与风趣。而这种诙谐风趣中流露出的，又有互不见外的亲切、达观淡定的神情，以及乐观通达的心态。这些强烈的地域标识，让电视剧《装台》拥有天然的特色，而且总体上并不妨碍其他地域，哪怕是南方地区人们的欣赏。

但我依然想说，电视剧《装台》里的地域性表达，有些地方略有过多、过度甚至刻意之嫌。比如，丹丹从京城来到西安，受到其好友刁顺子的热情接待。在二代的饭店里，顺子为丹丹准备了全套的关中小吃。只见他如数家珍般一一将菜名报来，对方则频频点头，啧啧赞叹。看到这种情节，难免让人觉得是在故事里契入"文化宣传"的做法。顺子在看望自己的老师时，也不忘将"腊牛肉"等地方美食夸上两句。剧中那首近乎说唱的插曲，已经直接唱出了"这就是陕西"的豪迈。全剧感觉时有借剧情推广地方风物的印象。而在我看来，无论是《装台》还是西安，似乎都没有直接嫁接对方推广自己的必要。

艺术评论本身就是见仁见智的。对于电视剧的改编，我还有一些不同的想法，以做交流、讨论。比如，顺子的女儿菊性情乖张，出言不逊，二代以真情相待，苦苦追求，却总是被近乎羞辱与责骂地对待，然而二代依然痴心不改，这种情感的内在逻辑似乎缺少说服力。同样的情形还有三皮即杨波对素芬近乎病态的痴情，也似乎需要有更合乎情理的铺垫。八叔及其前妻戏份略多，而他们的感情线索与装台人的关联度较弱。还有，比如丹丹这样的演艺界"大腕儿"，装台人顺子是她在此地最亲密的朋友。不是说友情不可以突破社会阶层，但毕竟让人觉得，这种天然给定的关系让人多少有点茫然。

当然，总的说来，尽管电视剧中有一些还可加强的地方，但瑕不掩瑜，不影响我们评价这是一部难得的好剧。

可以看出，陈彦小说因其兼具文学性与戏剧性，为改编带来很多方便。这也再一次证明，小说的确可以为其他艺术提供母本。在我看来，现在正是小说改编影视的最佳时期，是可以相互成就的黄金期。原因在于，首先是小说正在由"纯文学"向融合型文学过渡。影视创作在艺术上更加成熟。传统意义上，确有"纯文学"不适合改编影视剧的说法和认识。米兰·昆德拉就曾说过观点大致如下的话，一部小说如果可以改编成影视作品而不丢失其意义，那就是该小说不够纯粹的证明。

这一观点是极致意义上的说法。事实上，情形正在改变。由于电影、电视剧在艺术上不断成熟，许多传统文学经典也多有被改编成电影、电视剧的情形。比如陀思妥耶夫斯基的小说，算是"纯文学"里的极品了，但其多部小说改编成影视剧并产生深远影响。托尔斯泰、卡夫卡、海明威、君特·格拉斯……太多的名字可以罗列进来。就连昆德拉本人的小说，也有改编成电影的情况。根据其名著《生命中不能承受之轻》改编的电影《布拉格之恋》也成为著名影片。即使是流行小说改编的电影，也一样可以成为电影中的极品。如根据斯蒂芬·金小说改编的电影《肖申克的救赎》，就是史上最伟大的电影之一。

电影电视剧是另一种艺术，而不是略差一等的艺术。

小说自身也在发生着理念、风潮的转变。严肃文学与流行文学的融合趋势愈加明显。突出、强化故事的好看性，借鉴流行文学里讲故事的起伏节奏，正在成为严肃小说的创作新趋势。过去是强调通过"无事的悲剧"显示文学之"纯"，现在是通过融合使文学可以通行于社会大众。这是文学保持生命力、影响力必须要做出的调整。剩下的就是考验创作者的融合能力，即故事是否能讲得精彩，以及好故事的后面是否可以承载文学原本具有的思想深度。

无论如何，小说因此更便捷地改编成为影视，好作家的好作品有了借助多种途径广泛传播的机会和可能。近些年来，中国当代小说与影视结合的成功范例可谓不胜枚举。陈彦的小说改编是又一个也是最新一个例证。可以预计，今后更长时间内，文学与影视的这种结合将更加普遍。

让国宝活起来

　　不忘历史，才能开辟未来。善于继承，才能善于创新。习近平总书记在中国文联十大、中国作协九大开幕式上讲话中指出："要加强对中华优秀传统文化的挖掘和阐发，使中华民族最基本的文化基因同当代中国文化相适应、同现代社会相协调，把跨越时空、超越国界、富有永恒魅力、具有当代价值的文化精神弘扬起来，激活其内在的强大生命力，让中华文化同各国人民创造的多彩文化一道，为人类提供正确精神指引。"

　　承古人之创造，开时代之生面。只有实现中华文化的创造性转化和创新性发展，才能不断铸就中华文化新辉煌。文化节目一直是央视作为国家电视台的责任坚守，并在今年精心打造、连续推出了以《朗读者》和《中国诗词大会》为代表的标杆综艺。2017 年岁末，当文学细分题材被集体消费的时候，央视再度升级视野和格局，隆重推出大型文博探索节目《国家宝藏》，为央视文化系列品牌再添新力，观之令人振奋。

　　相较央视之前的文化节目，《国家宝藏》具有鲜明的风格特色。节目选取的表现对象是文物，以文化的内核、综艺的外壳、纪录的语言，创造一种全新的表达，用时尚现代的方式激活深沉古老的历史，致力于"让国宝活起来"。从制作来看，

《国家宝藏》秉持了高规格和高品质，央视和故宫两大文化体强强联手，八家国家重点博物馆鼎力加盟，共计九家博物馆，遴选二十七件国宝重器交与万众共赏，高峰并峙，精彩可期。

文物承载灿烂文明，传承历史文化，维系民族精神，是老祖宗留给我们的宝贵遗产，是加强社会主义精神文明建设的深厚滋养。完全不同于过去的鉴宝节目，《国家宝藏》向文博领域发起的是真正意义上的价值探索——这里没有任意判断的"鉴定"，没有随意而出的价码，文物回归到最为浓缩和纯粹的文化载体，观众获得的是蕴含在内里的文化密码、附着在其上的文化符号。

可以看出，《国家宝藏》从一开始就以高度的文化自觉，努力将传统文化与当代文化结合起来，努力实现传统文化的现代性转化。这一追求，从第一期节目即可窥见一斑。首期展现了来自故宫博物院的三件文物，每一件都有一段"前世传奇"与一个"今生故事"，还有跟它一起血脉相依的守护人。这一切，都能让观众真切感受到：这些文物历经风雨而来，每一个都是饱满的生命、岁月的传奇。

"前世传奇"通过舞台戏剧的方式完成的微型历史剧表演，演绎一段基于大量史料合理联想的故事，让观众可以在生动活泼的感受中，触摸一件件国宝的历史温度。无论是《千里江山图》与宋徽宗、各种釉彩大瓶与乾隆，还是石鼓与司马池父子，节目都以戏剧表演的方式娓娓讲述，生动可感，融知识性和趣味性于一体。在"今生故事"部分，节目多角度选取和国宝产生当下命运关联的现代人物，讲述一个个关于"守护"的故事——历时四年潜心研究《千里江山图》"青绿之色千年不败"之谜的中央美术学院老师、非物质文化遗产名录国画颜料技艺传承人、近十位常年在故宫做志愿者的义务讲解员，以及一个五代人都在守护故宫的家庭……透过这些朴实无华的人和事，观众或震撼，或敬仰，或怜惜，或骄傲——原来，这些国宝背后有着如此非凡的身世、不朽的光芒，更有如此多的人带着满腔的赤诚与热爱，和它们血脉相依。他们用心血乃至生命守护的，正是我们整个中华民族的精神财富。

这种"前世传奇"和"今生故事"对应对接的表达方式，正是创作者在传承中的手法创新。讲清一件国宝级的文物，且还要将专业性、知识性、通俗性、艺术性有机结合，要将文物价值与当代态度融为一体，这对创作来说实为难事。《国家宝藏》采取了一种新颖别致的叙事结构来完成表达诉求。每期节目由出自一家博物馆的三件文物构成，每一件文物都有一组国宝守护者，对每一件文物进行全方位的解读。其中，明星嘉宾演绎国宝的"前世传奇"，而后由他们引出"今生故事"的讲述者，大家共同讲述文物的过去和现在，引出话题，激发思考。此外，张国立担任001号讲解员，负责串联整个的讲解任务。九大博物馆馆长坐镇，适时点评、补强文物信息，将一件文物穿越历史的故事讲得可感可亲、有理有据。那些平日里在博物馆玻璃柜里安放着的静物，在《国家宝藏》的舞台上却充满活力，成了有生命、有温度、有故事、有性格的存在，这才是真正意义的"让国宝活起来"。

通过对一件件国家宝藏的生动叙述，让观众读到一段历史，认识一件文物背后包含的政治的、文化的、艺术的内涵，这一追求在《国家宝藏》得以实现，必将有力地促进社会公众对传统文化、对文物知识的兴趣。目前，我国各级博物馆已全面向社会免费开放，博物馆的参观人数逐年增加，这是一种文化复兴的新气象。在这一过程中，如何让博物馆里的文物真正活起来，使普通公众不仅可见，更可感、可知，就成为一项重要的课题。此次,《国家宝藏》秉持高度的使命和担当,进行了极具价值的诚意破题。

　　文物不是尘封的古董,《国家宝藏》让我们感受到了"一眼千年"中日日流淌、从未褪色的文化自信。这档雅俗共赏、庄合相交的文化节目,是续接历史、让昨天与今天生动对话的过程,是把历史辉煌与当代文明融合的过程,是让国宝级文物从冰冷的橱窗里"走"出来,让人感知其澎湃生命力的过程。这样的节目,也是让博物馆里的宝藏真正生发其独特价值,引发公众对优秀传统文化产生骄傲自豪的过程。如此格局开阔、气势磅礴的节目,值得我们继续期待。

外行观歌剧

歌剧是舶来品，中国歌剧与现代文学一起发生。观西方经典歌剧，慢慢悟出一些道理。不管什么艺术，其实都是有规律可寻的。歌剧也一样。

歌剧是所有艺术里最强调主题先行的，一出歌剧就是演绎一个概念，这个概念是抽象的、不在乎时空的，是人类精神与情感里被固定化了的一种意识、观念、意志、信念。它要通过一个架构好的并不复杂的故事、并不众多的人物来呈现，要有足够的矛盾性和传奇性。被传统和权力制约以及要求挣脱的欲望，不可得到的爱以及由此产生的嫉妒。简言之，自由、希望、复仇、逃离、流亡，这些都是常见的概念化主题和表达方式。它需要偶遇和误会来强化主题、集中表现故事。

中国歌剧《白毛女》，人物被迫进入"洞穴"求生的传奇性和要求解放的意志，与歌剧艺术的要求在形式上非常契合。我看过一些新歌剧，之所以觉得不够水准，是因为从编剧开始，以为人物用唱腔而不是道白讲出故事就可以了，它们大多缺少一个强烈的主题概念，人物与故事设定也缺乏艺术形式要求的特点，力量也就无从体现了。

歌剧的艺术形式具有强烈的分离感。演唱和故事完全有可能没有关系，幕间曲有可能成为经典名曲。最特别的一点是，剧本里的男性主人公有可能被描述得挺拔英俊，而台上的角色可能是个矮胖子，如帕瓦罗蒂。剧中的女主人公可能被定位为二八少女，而表演者却通常要有相当的演出经验。由于演唱的需要，她们的身材相貌可能与剧中人物并不相符，甚至还有可能是一位不同肤色的女子。然而，这种严重的分离感同芭蕾舞不一样，强烈的假定性和观众预设的心理，使剧情完全有可能在分离中推进，而且因此对戏剧效果产生更加强烈的印象。

杰出的歌剧，通常会让观众到最后忘记了剧本原本的美妙设定，渐渐接受台上人物是不可替代的，而且如果主题最后通过情节、演唱得到弘扬，观众就会忘掉剧作家的设计，只认看到的戏剧表演。

我们强调艺术的个性，生怕创作掉入概念化的窠臼，这自然是对的。但我们却同时忘记强调不同艺术所具有的具有"共性"的"个性化"特征。不了解这些特点，抓不住这种规律，或者根本没有思考过这样的问题，尽管创作的作品看上去是属于这一门类，事实上却不具备其基本特征，因而在表现力、感染力上大打折扣。

没有变得僵硬的"模式化"其实就是艺术规律，没有成为教条的"概念化"其实就是艺术特性的基本概括。我们正处在一个所谓"跨界"风行的艺术时代，活力中的无标准、没规范已让专业人士无法评说。强调一下艺术的基本特征似属必须。

壮歌出征

由田沁鑫导演、印青作曲的民族歌剧《扶贫路上》正式面向公众演出。作为一部主题剧，创作的难度是天然的。一难，同类题材的各类创作成汹涌之势，如何能从中脱颖而出，实非易事；二难，表现当下生活的歌剧，如何在主题表达与艺术呈现之间达到融合，十分不易。

我以为，民族歌剧《扶贫路上》是一部成功的作品，值得观赏推荐。歌剧是一种挑战性极高的艺术形式。主题必须鲜明而且高扬，艺术必须达到宏阔与极致，二者的融合度决定了歌剧的成功率。鲜明的主题有时甚至是"先行"的，故事应当简约而且有强度，主题表达既应有历史的、社会的内涵，也应该指向人性的深度。有些歌剧全剧都在表达某种特定的人类情感或生命状态，如忠诚与奉献，爱与死亡，出走与回归，等等。中国的民族歌剧是现代以来的产物，既有"拿来主义"的借鉴，更有民族艺术的独立探索。成功的例证中，如《白毛女》《小二黑结婚》《江姐》《洪湖赤卫队》《刘胡兰》等，都具有主题鲜明、故事传奇、唱词唱曲优美且具民族风格、成功塑造中国现代女性刚烈形象的特点。时隔很久，终于又观赏到一部从内容到形式，从主题到艺术可称优质融合的民族歌剧。

《扶贫路上》以第一书记的典型黄文秀的青春故事为题材，表现了年轻的共产党员、优秀的第一书记黄文秀，带领广西百色乐业县百坭村群众脱贫致富奔小康，最后牺牲在一场突发的泥石流中的生命历程。黄文秀的故事，已经通过多种艺术方式和新闻渠道为公众熟知，歌剧又如何表现这样一位人物，这既有题材优势，也具有创作难度。我以为，《扶贫路上》可称成功的地方在于，它紧扣时代主题。脱贫攻坚战役是中国共产党领导下进行的一场伟大战役，全剧通篇贯穿这一主题红线，通过党旗、五星红旗等烘托氛围，通过舞台上列队式的合唱形式形成气势，通过唱词的力道和贯通推向高潮，从开场即将主题鲜明亮出。这样的方式不但有利于主题的坚定表达，也符合歌剧艺术的规律特征。

鲜明主题的表达与高扬，必须依靠带有一定传奇色彩的人物故事来实现。黄文秀作为一名从大都市研究生毕业的青年学子，选择回乡工作并深入到最基层的贫困乡村任职，成为第一书记中的一员。她带领群众脱贫致富的故事本身就有一定传奇性，更加之她以青春的生命贡献给了自己的事业，壮美的青春更添悲壮的力量。剧中借用亲人死后会化蝶回家的民间传说，隐喻黄文秀不朽的精神和不灭的光影，传达她在百坭村群众心中不可抹去的形象。这种形象化、隐喻化的表达，也使本来可能是平凡的故事，一个发生在偏远山村的普通人的故事，得以放大，得到升华，与鲜明的主题一起，浓缩在一部五幕剧中。

《扶贫路上》在艺术上做了独特的探索，这种努力和认真，也是对剧中的主要人物、英模黄文秀的一种郑重的致敬方式。从开场呈现在观众眼前的，就是矩阵式的舞台、众多的演唱者，形成极强的视觉冲击，除面向观众一面外，舞台的其他几面均由几何形的舞台框架组成，或呈现与故事相关联的场景，或穿行而过各色人物，或列队引吭高歌。不同的场景在上面同时呈现，极大地丰富了舞台的画面感，避免了题材极有可能带来的单调性；合围而发的众声，也为歌唱推向高潮提供了条件。可以说，本是泥瓦砖墙的故事背景，在歌剧舞台上却幻化出一种极具现代感和立体感的情境，同时又不失乡土气息。

音乐方面，本剧融合了壮乡民歌韵味，唱词也借鉴了刘三姐式的比兴表达，但音乐并没有因此失去歌剧的贯通、完整、流畅要求，尤其是没有失去原创性，借鉴适度，融合有方。唱词的时代性和乡土味道结合也较成功，保证了全剧的艺术品质。演员表演整体上气质饱满，昂扬向上，倾情投入，带动观众情绪和点染气氛总有高潮和亮色，确保全剧气势与力量的保持。

《扶贫路上》为主题创作带来有益启示，也为民族歌剧的创新发展做了成功的实践探索。

观《锁麟囊》所思

　　北京京剧院青年剧团《锁麟囊》拉开幕布。富家大户的门口，几个跑腿的正在和贴身丫鬟激烈讨论着，大家小姐的不好侍候，其骄纵其挑剔已若有所感，主角呼之欲出。

　　在台下观众的掌声中，薛湘灵（迟小秋扮演）灿烂登场。一出亦喜亦悲、贫富相遇、贫富替换、善恶相报的大戏由此开始。中国传统戏曲的要素在这出戏里彰显。

　　大幕合上，不禁联想：我们所争论的雅俗高下，我们不以为然的大团圆结局，我们觉得浅薄的善有善报主题，我们觉得与时尚潮流无缘的传统戏曲音乐、唱腔，为什么仍然让人有新鲜之感，仍然会让人觉得它充满魅力？雅俗分界并非像今人想得那么非此即彼。

　　《锁麟囊》是雅的，剧本是剧作家翁偶虹创作的，其中的唱词十分高雅，文气和优雅是从每一句唱词里散发出来的，所营造的氛围比之"小桥流水人家"的意境一点也不弱。精彩的唱段仿佛一首完整的文人诗，又好似市井女人的一长串诉说。没有大词却有意境。这样的唱词绝不是靠堆积大词获得的，雅和俗是合流推进的。

　　但《锁麟囊》无疑不是一出只供"文化人"欣赏的高雅

戏，它是属于俗众的。故事非常简洁，主题十分明了，即使不识字的民众，一样可以欣赏其中的妙趣，感受其中的教益。"春秋亭外风雨暴，何处悲声破寂寥？隔帘只见一花轿，想必是新婚渡鹊桥。吉日良辰当欢笑，为什么鲛珠化泪抛？此时却又明白了，世上何尝尽富豪？也有饥寒悲怀抱，也有失意痛哭号啕。轿内的人儿弹别调，必有隐情在心潮。"比喻有深有浅，意味却人皆可得。"我正富足她正少，她为饥寒我为娇。分我一枝珊瑚宝，安她半世凤凰巢。"道理直接，对比鲜明，俗论中不乏雅意。

我们常常以为，雅俗是一种门类划分，交响乐是雅的，流行曲是俗的；话剧是雅的，小品是俗的；文艺片是雅的，商业片是俗的。其实，雅俗之分不在门类，"媚俗"是一种艺术上的自动放弃与背离，"媚雅"或许也是一种大俗。雅与俗是可以合流的，干净的雅与恶劣的俗是骨子里的区分。"低俗不是通俗"，其中的道理就在于，通俗艺术可以传达高尚，低俗有时也暴露在看似高妙的艺术形式中。

我们有时还会自动认为，文雅的词汇、难懂的典故是雅，俗则只能是粗鄙的、直白的，不登大雅之堂。所以我们经常会面对两种情形：高雅的形式、费力的包装下面是内容的空洞和主题的苍白；自贬为俗的艺术不无自卑地、放任地追逐单纯的搞笑与低俗的笑料。

《锁麟囊》是文人写的通俗戏。没有刻意的雅的拔高和俗的迎合。大团圆是剧情的结局。悲剧之后是完美的结合，尽管贫富产生了颠倒，善行却得到回报，并且是善良与美好感情的汇合。

我们都知道，鲁迅是大团圆的批判者，在批判国民性的要求下，鲁迅对中国传统艺术中的大团圆模式带给人的麻醉剂作用进行过批判。但今天，艺术的现代性并没有带来我们理想的情形，价值观的混乱和形式上的做作一体化带来创作上的莫衷一是。鲁迅批判的是模式化的大团圆，大团圆当然不能是唯一的模式和刻板的要求，但作为艺术创作，主题的弘扬和创作者的目的就体现在结局的阐扬上面。悲剧也应是悲壮之美的弘扬过程，悲剧还应是理想与希望的艺术化确立。我们有时把悲剧理解为惨死过程的展示与悲惨结局的呈现，以为暴力与死亡是力量的体现，却无力写出无事的悲剧，也忘记了悲剧之美在于现实悲情中应有高扬的东西。

善是中国文化中的重要主题。在中国的经典文学中，善是处理所有矛盾、黏合悲痛的通用膏药。每当爱情、亲情、友情的悲剧发生之后，能够提供的道德力量就是善的传递与互通。不但是传统戏曲，即使是现当代小说，也经常会以这样的方式结束故事，推动主题。

善是一种道德的伦理化的概念，也有一定的抽象性，超越历史情境的善有时会因此失去抓手，反而丧失力量，并有简单化的嫌疑，有懒于面对尖锐、复杂矛盾的问题。但善本身作为一种人性之美，理应在艺术里得到温暖体现，弘扬善也是一种可称是传递正能量的方法。《锁麟囊》传达的善有善报，说实在的也是这一传统做法中的实践之一。但对这样一部容量的戏来说，它与戏剧的形式之间达成了平衡，是可取也可信的。

本剧中心人物突出，主题始终贯穿，收束合理恰当，它能成为京剧里的经典，与这些要素的平均匹配是分不开的。而且剧中的演唱不是对话式的，是以主角薛湘灵为核心的大量独白，这既使故事重心不散，又满足了现场观众渴望名角尽情挥洒的热望。表演这样的戏，立住这个主角，即已成功大半。这也是由京剧艺术的普遍要求决定了的。

　　《锁麟囊》是经典传统剧目，但此剧创作于 1937 年，演出于 1940 年，也可以说是一出"现代戏"。当然，它没有"现代性"，今天反观，可以视其为那一特殊年代艺术家对传统文化、传统艺术的坚守。它在今天长演不衰的盛况，是颇具启示意义和思考价值的。

读书漫谈

学术评价之顽疾

最近，读了一家学术刊物上两篇青年学者的文章，不但没有感受到青年的力量，反而更觉当前学术研究之状况堪忧。这些文章就不是为研究而写，更不必说有感而发了。揪住一个对象硬是和鲁迅建立起联系，使劲往一块儿拉拽，东拉西扯，东拼西凑，南辕北辙，南腔北调，牵强附会，没有结论或结论小得可怜，引文达数十条之多，可引可不引的引，而且还要引自己从前的另一文，凑足评职称所要求字数作罢。文末多注有"本文系"这个"重点项目"，那个"一般项目"之"阶段性成果"，等等。面目可憎，内里空空，真能气得鲁迅坐将起来。

学科评价体系不改革，学术研究就难以吹进新风。评职称、争项目、抓课题，上 C 刊、发核刊、在国家级出版社出版，已经成了学术研究的必须"攻略"；关键词、引文、索引、五千字以上，已成论文写作的固定格式。我原来不知道有人为什么总要在文章里反复引用自己的过往文章，后来才知道，论文被引用次数都会被检索统计，作为"反响"凭证加分。各种招数都为"填坑"做准备。按这样的标准，钱锺书凭《管锥编》也是不能评到教授的。

我说"真能气得鲁迅坐将起来",那也不是我发明的夸张之语。鲁迅的《野草》里有一篇叫作《死后》,写人物"我"死后躺在棺材里,浑身本不能动,不能语,却有知觉。因此就展开了一幅魔幻场景:生前所认识的熟人、敌手来叨叨、添乱,陌生人来围观、议论。死后也能梦到、回味世间百态,"几个朋友祝我安乐,几个仇敌祝我灭亡"。而"我"呢?"我却总是既不安乐,也不灭亡地不上不下地生活下来,都不能副任何一面的期望。现在又影一般死掉了,连仇敌也不使知道,不肯赠给他们一点惠而不费的欢欣。我觉得在快意中要哭出来。这大概是我死后第一次的哭。"

真正魔幻的结尾是:"然而终于也没有眼泪流下;只看见眼前仿佛有火花一样,我于是坐了起来。"呵呵,发明权在鲁迅。

少混圈子多读书

偶尔参加一点学术活动，感觉当下青年学者中，浮泛之风四处蔓延。由于人人都有外出读博的经历，所以每个人都特别爱谈自己的导师、别人的博士，人人一副尽知学界逸闻趣事、跟哪一派权威都很热络的口吻。"我们××老师"，"我们清华的谁谁谁"，谁又跟谁开撕了，谁又骂谁抄袭了，谁在朋友圈里暗讽了，谁的文章写得大失水准了……兴奋得一塌糊涂。好端端的奋斗青年，很快就既不谈学问，不屑说励志，也无谦卑之态，一顶博士帽让人失了本色。"我的朋友胡适之""兄弟我在哈佛的时候"等口头禅不断出现各种翻版。

一个人应该崇尚学问而不应迷信"学界"，尤其应警惕学界门派、权威，自觉抵制华而不实、沽名钓誉的徒有其表者。就像一个作家，追求的应该是文学之美，而不是文坛的热闹；一个艺术家应该提升自己的才艺，而不是企图混什么圈子。文学、艺术、学术，如果有什么共同特点的话，那就是它们大都是寂寞的事业，是苦中作乐的追求过程。鲁迅一生对所谓名流、学者、博士、权威保持着足够的警惕，常常用辛辣之语作入木三分的讽刺。我曾经动手编选出版过一本

《鲁迅箴言新编》（三联生活书店，2017 年），如果让我必须指出一条印象最深的鲁迅箴言，那我就选下面这一条："与名流学者谈，对于他之所讲，当装作偶有不懂之处。太不懂被看轻，太懂了被厌恶。偶有不懂之处，彼此最为合宜。"（《小杂感》）

"摘要"不可误导

我们经常这样说，奥林匹克精神叫"重在参与"。事实上，这句话完整的表述应该是："最重要的不是胜利，而是参与。"这二者之间还是有明显差异的。没有胜利作为参照，参与就变成一句抽象的、空洞的话。其实真正的奥林匹克精神，应该包含着强调胜利的重要，但对人类的终极目标和追求来说，参与才是本质。只强调重在参与，那事实上就剔除了胜利的因素，仿佛奥林匹克运动不追求优胜似的。那速度、高度、强度又从何说起呢。

我也想起鲁迅的那句名言："我每看到运动会时，常常这样想：优胜者固然可敬，但那虽然落后而仍非跑至终点不止的竞技者，和见了这样竞技者而肃然不笑的看客，乃正是中国将来的脊梁。"这句话里仍然有强调优胜的因素，"固然可敬"仍然是可敬。在此前提下，才认为虽然落后而非跑至终点的竞技者是可敬的，否则就变成了鲁迅对英雄获胜并不看重似的。这也涉及了鲁迅关于国民性的一些思想，是非常值得探讨的。也就是鲁迅心目中的英雄观到底是怎样的。鲁迅并不否认争胜，更不否认胜出者。他反对的是见利趋之若鹜，无利可图则即刻作鸟兽散的劣根性。他在同一篇文章

（《这个与那个》）里说："竞走的时候，大抵是最快的三四个人一到决胜点，其余的便松懈了，有几个还至于失了跑完豫定的圈数的勇气，中途挤入看客的群集中；或者佯为跌倒，使红十字队用担架将他抬走。假若偶有虽然落后，却尽跑，尽跑的人，大家就嗤笑他。大概是因为他太不聪明，'不耻最后'的缘故罢。"又说："所以中国一向就少有失败的英雄，少有韧性的反抗，少有敢单身鏖战的武人，少有敢抚哭叛徒的吊客；见胜兆则纷纷聚集，见败兆则纷纷逃亡。"我以为，把鲁迅这几个层次的观点集合起来，才是"重在参与"的本意。

语词搭配是写作的关键细节

写作其实就是对语言文字的感悟过程。好的写作体现在语言的准确使用上。

两个看上去语意一样的词，配上不同的上下文就不能任意置换了。某日改公文，开头见写："新年伊始，一场突如其来的新冠肺炎疫情……"我认为应改成："今年以来，一场……"同事也认为应改。"新年伊始"，通常接的是"万象更新"，还是有一点主观色彩的。"今年以来"，就纯指物理时间了。

这让我想起当年，同样是写公文，关于学习党的十六大精神的传达稿。上交文稿后，领导看过说，你们对相关文件和新闻报道学得不深不细。问，为什么？领导说，"学习和贯彻党的十六大精神是当前和今后一个时期的首要政治任务"，而你们写的是："是……首要的政治任务"。

"的首要"和"首要的"，从语词选择可判断时间节点，这一微小差异很让我惊讶。

这样的例子还有很多。我们经常可以从一个人的语词选择、搭配中，判断出这个人的身份、年龄、职业、学历，甚至什么地方人，等等。比如在陕西关中、山西运城一带，人们习惯把省会城市、省级单位称作"省上"。在浙江，人们在口语中有用长、短而不是高、矮来说一个人的身高。可见，选词用字很值得玩味。

感受上海书展

8月中旬，据说是上海最热的日子，气温高达摄氏三十九度。在如此炎热的日子里，上海书展如期开幕，我也连续第三年来见证这个中国最成熟的书展，上海市民的阅读热情真是让人感佩。作为一个写作者，置身书海之中，有一种对于写作的茫然甚至绝望之感。同时更产生对阅读的好奇和热情。看到那么多读者在不同的活动现场听作者讲述写作的经历，并且排队请作者签名，还是很让人感慨的一种场景。

每年八月，上海展览馆都会成为全国出版界汇聚以及众多读者向往的地方，今年的书展因为遇到了疫情防控的因素，所以变得有些特别。人流量是受限制的，据说进入馆内的现场人数控制在九千人左右。确实，行走其中，感觉比往年人数要少很多。听说因此还出现了一票难求的情况，甚至有黄牛党在炒门票，最高居然达到夸张的三百元一张。

上海书展的一个特点是，每一年各出版单位的展位是固定的，去年在什么地方，今年大体还在那个位置，这样，观众进入现场以后，寻找起来就会方便很多。另一个特点是，书展的图书是可以购买的，读者进入其中，就不只是一个参观者，同时也可以当书店来逛，往往每个人都会有自己的收获。可能是功能定位不同吧，北京的图博会就不卖书。

上海书展的活动非常密集，各路人士在不同的场合、不同的时段进行图书推广活动。比如说中央大厅，几乎是每一个小时举办一场活动。真正是你方唱罢我登场。

上海本地市民参与书展活动十分踊跃。前年我来就结识了好几位热情读者，其中有两位至今还时有微信交流。今年再来，是为著名作家张平的长篇小说新作《生死守护》站台。现场一位排队等候签名的老者与我热情打招呼，说前年曾在这个台上与我有过交流。寒暄之语也多了几分亲切。

总之，上海书展是个亲近读者、拉近作者与读者距离，也让读者有获得感的书展。期待明年还能再来。为此也得好好写作才是。

抚州初记

/

　　来到江西抚州。这里的中心城区叫临川。是个名人辈出的地方，古来就有"才子之乡"的美誉。这里是汤显祖、王安石、曾巩、晏殊、晏几道、陆九渊等人的故里，王安石就又称王临川。这些人物几乎都涌现于宋明两代。对这些文化名人的种种，当地政府正在努力挖掘保护。王安石、汤显祖都有专门的纪念馆且颇为专业。各种保护、利用也都在进行中，其情可感。

　　不过可惜这些人的遗迹几无所存，从实物角度讲，可观览处不多。当地的朋友说，因此抚州是一个缺乏存在感的地方。读起来别人以为是福州，写出来旁人以为是杭州。人杰地灵，也只能在纸上宣传。很无奈，但听着也不无自嘲的谐趣。但这一自嘲说法却让人产生某种好感，觉得颇可亲近。如果从南昌驱车前往抚州，可见高速公路上沿途的标牌有好几处将福州和抚州并列指示。设想，假如一个不认识汉字的老外只识读下面的拼音，一定会大惑不解吧。问开车师傅，到福州至少还有四百多公里，如此标识，仿佛是故意较劲，也或者是刻意玩笑。挺有趣的。

抚州打出的广告语叫：抚州，一个有梦有戏的地方。不过我以为，这条广告只突显了剧作家汤显祖。这里的梦是指汤显祖的戏剧成就"临川四梦"。而官至宰相，以改革名世，文学上列为唐宋八大家之一的王安石却未能体现。这是有点可惜的。

2

说抚州是个有梦有戏的地方，此言不假。虽说这梦和戏都来自汤显祖。但现实生活中，王安石更是惊心动魄的追梦者，并因为这革故鼎新之梦，引出太多的人间悲喜剧。

抚州的王安石祖居地，历经近千年，早已换了人间。据说，1984年，正值王安石逝世九百周年，也是王安石纪念馆创建的最好时机，按理，既然其生活过的居住地是可考的，在其遗址上建馆再合适不过，但因为这里早成一片居民区，拆迁不易，故改址到现在的地方。也因为这一折中，两年后的1986年便得以开馆。纪念馆门前的赣东大道是抚州主干道，馆长的比喻是相当于南昌的八一大道。也算对得住先贤了。

园林式的纪念馆占地并不大，赵朴初先生题写的馆名赫然醒目。馆内陈列虽无王安石穿过、用过的实物，一幅书法作品也是复制品，原件据说在上海博物馆，但这并不影响观者的兴致。毕竟是千年风霜已过，谁还追求原物真迹，况馆内介绍也绝无以假代真，"修旧如旧""按下不表"的手段，反让人很有好感。

最让人唏嘘感慨的，是王安石的人生。那是一部大书，一出大戏，要读通看懂，十年时间恐不够用。我就拣最突出的三点观展印象发发感慨吧。

一是，王安石这一生，遇到两个掰手腕儿的势均力敌之人：司马光、苏轼。历史就这样让这么三位杰出人物共处于同一个时代、同一座朝廷。三人本是互相欣赏的挚友，然而三位英雄政见上却不能所见略同。王安石为推新法不顾一切，司、苏二人个个又不含糊，立刻变成新旧两派。立场、观点分歧不断。

二是，三人之恩怨如冰霜之冷，但也有温暖的一面，尤其是王、苏之间，简直演绎出一场慷慨正剧。退隐后的王安石救了牢狱中的苏轼，苏轼也拜望了衰老的王安石。

王安石病逝后，朝廷追赠太傅，并命苏轼执笔制文，苏轼则不吝溢美之词：

> 将有非常之大事，必生希世之异人。使其名高一时，学贯千载。智足以达其道，辩足以行其言。瑰玮之文，足以藻饰万物；卓绝之行，足以风动四方。用能于期岁之闲，靡然变天下之俗。

真是一部大片的结尾，荡气回肠。

三是，三人都是优秀的政治家，诗文著述多是为官之余、官运不畅时所为。闲暇之物，衍生产品，却生生地成就了两位伟大的文学家、一位同样伟大的历史学家。想想吧，就是历代的"专业作家"、"专业书法家"、终身教授级的学者，敢与这三人比一首半篇的，几人乎？

眼下，听说苏轼的书法展正吸引万千目光，可想想苏轼

读书漫谈

179

本人，不过一个并不称意的政治家，浪迹天涯的农夫、伙夫、丈夫，东坡肉、东坡鱼、东坡粥的发明者，作为衣食常忧的美食家，他或许曾经用自己的手稿引燃过柴火。这让我想起前几天讲的，鲁迅用自己的校样稿擦桌子的故事。其书法价值今天纵以亿计，这无疑是文人之幸。但其旷达的、乐观的、不可战胜的天性、品格，又如何计价，何以传承?!他被流放天涯却怡然自得，竟然引来朝廷政敌的嫉妒。这种笑傲江湖的气魄，让人想起鲁迅小说里的革命者同情麻木的看客，《野草》的《复仇》里，十字架上的受难者居然对唾骂他的人施以悲悯，革命电影里面的英雄，就义前的乐观正义，让刽子手胆战心惊。

说远了，还是回到抚州王安石。两度为宰相，等身诗文，最重要的不是地位、成就，而是"不畏浮云遮望眼"的胸襟之宽广、境界之高远，"墙角数枝梅，凌寒独自开"的品格之高洁，让后世者敬仰、传诵。

$\int$

王安石、苏轼、司马光三人未能合力为政，殊为憾事，然而这一憾事却又成就了文学史、史学史上三位耀眼巨星，似乎欣慰、庆幸简直要大于遗憾。且说他们三人梦想终究都未能在现实中实现，而在诗文当中点点斑斑闪现。

然而在抚州，在临川，却出了一个伟大的造梦者、托梦者、悲梦者，这就是中国历史上最杰出的戏剧家汤显祖。他把人世间种种梦想融入戏剧当中，创作出世界戏剧史上的经典。

"临川四梦"是汤显祖一生最大成就，尤以《牡丹亭》

为最。2016 年，"纪念汤显祖、莎士比亚逝世 400 周年研讨会"在莎翁故乡英国斯特拉福德举行，可称是世界戏剧史上的盛举。历史有时就是如此有趣，两个完全不同文化背景的戏剧家，他们的戏剧主题都突显了一个彻底的"情"字。杜丽娘和朱丽叶，简直就是人性光芒的跨时空见证。汤、莎二人同年离世更增加了这种共通元素。

中外文学史上不乏这样的例证，就我所知的，鲁迅最崇敬也是他唯一称为伟大的作家，是俄罗斯的陀思妥耶夫斯基。陀氏逝世于 1881 年，而那一年鲁迅诞生。汤显祖的生日是 9 月 24 日，鲁迅则生于 9 月 25 日。

汤显祖官级远不及王安石，他的性情应该是制约其上升的重要原因。因为有才，却拒绝了张居正等人的"赏识"和遣用，简直就是"千里马"炒了"伯乐"的一例。早早地就退出政坛归隐老家抚州临川，与文为伍。现实与理想的遥远距离，让他到戏剧里寻梦，在梦里上演种种"逆转"大戏。

"临川四梦"的创作本身就是一个巨大的隐喻。四百年后的今天，昆曲《牡丹亭》成了传统戏曲里的异数。在白先勇等人的推动下，在昆曲被视为阳春白雪的情形下，《牡丹亭》居然一举进入大学，成为年轻学子们追捧热议的剧目。

当然，汤显祖剧里的梦并不都是《牡丹亭》《紫钗记》式的起死回生大团圆。《南柯记》《邯郸记》里的梦讽喻中不无悲情。汤显祖隐居于临川，描写着"梦境"，其实时时处处惦记的仍然是天下，是朝廷。这是一种责任，也是一种惯性。

汤显祖对后世文学的影响可谓深远。《红楼梦》就受到其深刻影响。都是写梦，后者甚至是对前者的"续梦"。《红楼梦》里的《好了歌》就脱胎于汤显祖的剧本。第二十三回更是直接引用了《牡丹亭》的唱词。这一回，重在写贾宝玉、林黛玉之间的意趣相投。贾宝玉向林黛玉推荐了"禁书"《西厢记》，居然，二人共同认为是一本好书。三观一合，很容易情投意合。薛宝钗就批评、劝导过宝玉，要多读圣贤书，远离诲淫诲盗之书。

但这一回的结尾，只剩下林黛玉一个人时，空中飘来凄婉的歌声，似乎更打动林黛玉，"走心"的歌词触动了林黛玉敏感的神经。而这唱词，正来自汤显祖的《牡丹亭》。那"笛韵悠扬，歌声婉转"中传来的，是"良辰美景奈何天，赏心乐事谁家院""则为你如花美眷，似水流年"这样的句子。林黛玉因此产生关联，"不觉心痛神驰，眼中落泪"。《牡丹亭》似乎更击中她的灵魂。曹雪芹充分显示了描写人物心理一波三折的细腻。林黛玉先是为歌词所打动，继而联想到，平常人们看戏只听曲调而不关心内容，紧接着又反思，自己太为歌词内容所感伤，而忘了欣赏音乐本身。

不过，奇怪的是，"牡丹亭"三字出现在章回题目上，所谓"牡丹亭艳曲警芳心"，但内文里却没有像《西厢记》一样带着书名号出现。不知道曹雪芹意在何处。

在抚州，捡一个历史名人，就有一大堆故事，就是一个可以无限展开的话题，就可以拍成一部电视剧或一部电影。曾巩、晏殊、晏几道、陆九渊，等等。如今，汤显祖生长的文昌里保护、整修与利用正在同步推进中，汤显祖、《牡丹亭》显然是这个古老街区最大的符号。无论如何，人杰地灵的"才子之乡"抚州，涌现过太多文武名人，而其中最有传播力的，无疑是文学上的唐宋八大家之曾巩、王安石，剧作家汤显祖。这也是文学生命力及其恒久魅力的一个佐证吧。

从抚州回来的第二天，同事要我去审片，因为我所供职的中国作协，刚刚摄制完成一部反映中国作家描写脱贫攻坚进程的电视专题短片，片名叫《文学的力量》。巧的是同时，"北京十月文学月"活动主办方正来录制一段祝福语，其中必须说的一句话是："文学的力量。"而我在抚州产生的感想，抚州历史文化、人物带给我的感受，如果凝结成一句话来表达，就我而言，最恰切的恐怕依然还是这五个字：文学的力量。

让材料说话

　　做学问必须依靠材料支持论点，佐证结论。有时，论者甚至无须长篇大论，材料自己会说话，结论在引用中自然呈现。但材料的使用需要审慎把握。最求的是要准确，没有准确，材料等于伪证。这种准确包括材料的所有信息：作者，出处，原文的完整意思，原文写作的背景、起因，获取材料的来源，与本文论点之间的关联度，等等。论者未必在引用时要把这些信息完全讲清楚，但引用前应当有清晰掌握。一条看上去的一手材料，是自己辛苦觅得，还是从别人引用处截取而来，专业的读者或同道很容易做出相关判断，总有信息让人感觉得到。

　　一篇论文完成了，自己觉得做得不错，材料准确，论据充分，可以安心了。但事实并非如此。事实是，只要你真心深入到某个论题、某个研究主题，就会发现，有许多原本看上去没有直接、明显关联的材料，其实都与你正在或已经完成的论述有关。材料的使用简直可以无限延伸下去。世间的很多事物其实都有关联。材料无法穷尽，我们所做到的，常常多半是一知半解，一鳞半爪。

　　我发此感慨，是因为刚刚拿到拙著《箭正离弦：〈野草〉

全景观》的样书，虽说自我欣赏中颇多欣喜，但也发现有很多本可以更加丰富和完善的地方。

我这里仅举两个与材料引用有关的例子吧。

《野草》的《题辞》开头就是一句震人心魄的话："当我沉默着的时候，我觉得充实；我将开口，同时感到空虚。"这句话既符合某种生活中的体验，感觉十分真切，又蕴含着深刻的哲理，可谓金句。它还让人联想到陶渊明的诗句："此中有真意，欲辨已忘言。"近读鲁迅书信，发现鲁迅其实早在写作《题辞》的十七年前就有过类似的表达，这不但可以佐证《题辞》开头来自鲁迅长期感受到的某种人生体验，也可见出鲁迅对"本事"的创造性转化和升华。

那是 1910 年 11 月 15 日，鲁迅在致好友许寿裳信中道："欲言者似多，欲写则又无有，故止于此，容后再谭。""欲言者似多，欲写则又无有"，看似也是平淡无奇，但到《野草》里，却得到现代性的升华："当我沉默着的时候，我觉得充实；我将开口，同时感到空虚。"当时要是引用了这条材料，论述的效果应该更佳。

我注意到的另一条材料，来自鲁迅学生的回忆文章。鲁迅在美术方面的学生司徒乔在《鲁迅先生买去的画》一文中写道：

> 鲁迅先生住在北京的时候，人民生活万分穷困，乞丐充斥街道。记得 1925 年的某一天，我在街头遇见一个乞丐，我觉得他面颊上的皱纹和眼睛里的怨愤，很能道出黑暗的社会的残酷性。我打算画他，跟随他走了一段路；忽然近两百乞丐都赶上来了，为了想得到那极微薄的报酬，每一个都要求

我画他，他们把我挤到一小块空地上，以至我无法
动手。

这让我即刻心有所感。因为《野草》里有一篇《求
乞》，正是写于同时期的北京，鲁迅描写了"我"独自一人
在街上行走，不断地遇到乞丐尾随乞讨的情景。鲁迅的表达
当然另有深意，但我在追求本事的考究时，只注意到了鲁迅
描写的北京的尘土四起的景象，提到其中数次出现的"尘
土"，是对北京环境的描写，以衬托场景的艰难，却并没有
对核心概念"乞丐"进行本事考察。当时没有想到，事后也
不觉得有缺憾，今见这条材料，方觉很能说明问题。于是，
我打算从样书里找出一本来，专门补记事后不断发现的有用
材料，争取在有机会重新修订时补入，让更多材料在书中
说话。

琴棋书画的翻转

琴棋书画这些事儿如何演变成为竞争、功名、利益之载体、手段，且使人们趋之若鹜，尤难考证。棋已成竞技项目，归体育部门管，常人"手谈"皆称业余。书画已高度市场化，是商品、拍卖品，琴所代表的音乐，一样流行明码标价、公开走穴。这不免让人遥想它们的从前。

往千年之前说，它们真正还有雅兴、趣味、性情的表达的一面。《世说新语》之"雅量"篇中，人物的雅量、从容、淡定，就多有借琴棋书画为表达"工具"者。

有叫裴遐者到朋友家中喝酒，因先与人下围棋而未能及时端敬酒，主人家的司马遂恼怒，拽其摔倒在地。裴遐却"举止如常，颜色不变"，起坐继续下棋。后有人问起，裴遐淡然说道："他只是无知而已。"雅量中含着高傲。

另有叫顾雍者，与人下围棋时得到亲人丧生的消息，他即使将手掌掐得血流到座垫上也不失态，一样是"颜色自若"。还有故事说谢安与友下棋时，侄子谢玄从战场派人送来胜战捷报，谢安读罢，继续下棋，"意色举止，不异于常"。

围棋也可说是"淡定"的象征。

而诗人嵇康，在面临死刑前"神色不变，索琴弹之"，一曲《广陵散》后从容赴死。

书中还记述说，王羲之年少时，有人上王府招女婿，与其他"面试者"紧张的表情相比，王羲之却"坦腹卧，如不闻"。正是这种不惊无求之态，让他后来的老丈人大呼道：要的就是这个！

一切都专业化、定级化、市场化、定价化，这种功能翻转，也是社会发展的趋势所致，且不可逆转，不独今日，不唯咱们。也因此，我们常常从古人的书里，读出一种既熟悉又陌生的感觉。

鲁迅——"立誓不做编辑者"的好编辑

　　鲁迅并没有做过专职的编辑，但他一生中从事过的编辑事业，足以称得上是令人敬佩的编辑家。

　　鲁迅深知做编辑的不易，他在 1935 年致王志之的一封信中谈道："其实，投稿难，到了拉稿，则拉稿亦难，两者都很苦，我就是立誓不做编辑者之一人。当投稿时，要看编辑者的脸色，但一做编辑，又就要看投稿者，书坊老版（板），读者的脸色了。脸色世界。"然而事实上，鲁迅一生编辑过的杂志和图书，可谓大观。他和多位友人的交往，不是因为创作或研究，而正是一同编辑刊物和丛书结下友情。

　　为了体现对编辑者的支持，凡鲁迅参与和支持的刊物，他都主动将自己的稿件提供出来；每当书刊要印行，鲁迅都会从装帧、版式、插图到印刷等技术环节提供智慧甚至亲自动手设计；只要可能，鲁迅都会对自己的文章认真校对，甚至不止一遍。对"圈，点，虚线，括弧的下半"出现在"书的每行的头上"这样的"很不好看"的小细节，他都向友人提出解决办法并被"出版界普遍实行"，足见鲁迅作为编辑者的认真和专业。

　　著名出版家赵家璧称"鲁迅先生是一个出色的编辑工作

者"(《鲁迅先生的编辑工作》),周作人在晚年回忆道:"鲁迅不曾任过某一机关的编辑,不曾坐在编辑室里办公,施行编辑的职务。""他经常坐在自己家里,吃自己的饭,在办编辑的事务","他编辑自己的,更多是别人的稿件"。(《鲁迅的编辑工作》)周作人把鲁迅的编辑观概括为"精细与亲切",是十分准确的。鲁迅对青年作家的亲切扶持佳话甚多,体现在编辑方面的亲切和精细,同样可以看出鲁迅的为人。

　　1924年,鲁迅曾编选许钦文的小说集,他在读过两遍后加以推荐出版,并对其作品中的细节提出意见。在致孙伏园的信中,鲁迅对许钦文小说的一个细节加以纠正:"又《传染病》一篇中记打针(注射)乃在屁股上,据我所知,当在大腿上,改为屁股,地位太有参差。"鲁迅这样指出作品的毛病,并非出于艺术的考虑,而是提醒作者不要犯常识性的错误,是尽一个编辑者的严谨之力。1925年,鲁迅在收到青年作家李霁野的小说《生活》后,致信作者道:"结末一句说:这喊声里似乎有着双关的意义。我以为这'双关'二字,将全篇的意义说得太清楚了,所有蕴蓄,有被其打破之虑。我想将它改作'含有别样'或'含有几样',后一个比较的好,但也总不觉得恰好。"从中可以见出鲁迅对青年作者的作品反复琢磨、尽可能完善的诚意。

　　鲁迅在编辑上的认真与精细,甚至超出了编辑者的职业要求。据黄源先生在《鲁迅先生二三事》中回忆,1935年,左翼青年作家周文将自己的短篇小说《山坡上》投给《文学》杂志,时任主编的傅东华将周文小说中一个情节以"不现实和烦琐"为由做了删削,这个情节是描述一个士兵在军阀混战中"被打得肚破肠流"仍然与对方搏斗。周文为此十分生气。鲁迅得知后,为了这个情节的真实性询问了日本军医，在得到肯定的回答后，专门就此将周文、胡风、黄源等叫到一起聚餐谈话，并正面鼓励和引导周文不要因小事而耽误了创作。

这就是一位"立誓不做编辑者"的编辑态度，鲁迅自掏腰包为《语丝》杂志付印刷费，将自己的稿酬送给青年作者葛琴补救生活，借钱为亡友瞿秋白出版著作，为自己扶持的刊物写文章、译小说，凡此种种热情，都已不是"编辑者"的称呼可以涵盖。对于如何做一个好编辑，鲁迅的见解值得今天的编辑者们借鉴和学习。据唐弢先生在《"编辑"二三事》里回忆，鲁迅先生要求"编辑应当有清醒的头脑"，"他比作家知道更多的东西，掌握更全面的情形，也许不及作家想得深。编辑不能随心所欲地吹捧一个作家，就像他无权利用地位压制一个作家一样，这是个起码的条件"。个中意味，直到今天也仿佛切中要害。

半知又半解

我们说《红楼梦》是一部漫长的史诗，并不是一种简单的点赞用词。它符合史诗级作品的一个非常重要的特点，就是最后的主旋律是通过不断的信息汇聚，到最后隆重推出。那种最终的气势当然震人心魄，但是过程中的按兵不动，又逐步聚拢，那音调、色彩、气势，一点点渗透，推向最后的高潮。它的经典性也就正好体现在，有些初读时并不以为惊心动魄的细节，但回过头来思想，或者重读后，就会发现，其实充满了奥秘，充满了深意，是一个重大主题必然需要的一部分，正是这些细节共同促成最终高潮的到来。

比如，第五十七回，前半截其实是贾宝玉和林黛玉的丫鬟紫鹃之间的对话，这场对话却看出了贾宝玉对林黛玉不可替代的、唯一的、深切的感情，尽管是以疯癫的形式表达出来的，但是这种致命性其实是一种强烈的暗示。后半截是薛姨妈母女和林黛玉的对话，这场对话中所透露的信息，是宝黛钗三人最终婚姻结局的安排，这又仿佛是对一种宿命和一种悲剧的暗示。然而所有这一切分析，都是在我们已知最终的结局之后做出的判断，如果没有对最终结局的提前认知，那么，对这一故事的理解，就没有那么重大的关联了。

从这个意义上来说，《红楼梦》颇似贝多芬的第九交响曲，那主旋律其实在前三乐章里已经逐渐推出，让我们有一种熟悉的渐渐推向高潮的感觉。就为这一点认知，我们也会反复地去听。

就此而言，《红楼梦》第五十七回直接把贾宝玉林黛玉之间的爱情和贾宝玉、林黛玉、薛宝钗三人之间的命运结局，做了可以说是直接的暗示，在全书中应该具有特殊的意义。我们再往回想，小说开头，林黛玉初来贾府刚一出场，与宝玉第一次对上眼，两人就各自寻思，自己完全是见过对方，毫无陌生感的。微小而又致命的细节！

一百二十回《红楼梦》，尽管后四十回很可能不是曹雪芹创作的，艺术上似乎也确实是低了不少，但为什么后人那么多续写，终究超不过、替代不了程高本呢？美国学者夏志清认为，纵然后四十回极有可能是别人续写，但从故事梗概上讲，主要人物的命运都是按照曹雪芹预设的结局、暗示的指向去写的，大体符合前八十回的叙述，并没有严重的抵牾。这一看法是有道理的。因为人物的结局不是突然和偶然的安排，不是随意和临时的选择，而是性格、故事及其互相关联必然产生的结果。

知识与写作

　　在关于读书的讨论中，我说过一个观点，说得准确点，不是观点，而是一种观察：当前的小说，仅有对人物故事的专注是不够的，小说需要有小说之外的知识，作为拉长篇幅的"道具"和支撑主题的力量。虽然这种看法不能说明普遍现象，但应该说反映了某种创作趋势。

　　比如说现在写乡土生活，很多时候要对所写地方的历史文化、风土人情进行展现和"添加"。小说变成了有"地方文化志"元素的好故事，这种情形是有的。

　　电视剧里表现得更直接、更明显。比如我们看《那年花开月正圆》，一碗大碗面，无论男女都要端起来比画一番，反复多遍后，观众就接受了，传播了，知道陕西泾阳这碗面有味道，此地甚至因为一部电视剧要成旅游胜地了。文化搭台，经济唱戏。

　　过去叫软广告，或被说成是穿帮的，如今堂而皇之成了正剧的一部分。因为一剧而带火一地，这在过去，如电影《大红灯笼高高挂》与乔家大院，是一种偶然，然而在今天，那就是成功经验，是创作诉求。最直接的就是多地推出的情景演出"印象"系列。虽然只有"印象刘三姐"等极少数成功案例，但乐此不疲者大有人在。

当代美国作家、批评家苏珊·桑塔格说过："写作即是知道一些事情。而阅读一位知道很多事情的作家，是何等的乐事。"她是比较早论及创作与知识之关系的批评家。

我个人以为，在一个高考录取率已经达到70％以上，本科不过是个基础学历的时代，文学读者的总体水平和综合文化素养的确是越来越高了。小说再不改变，肯定没有前途。影视等其他艺术在多种力量的推动下改变风格，也是自然不过的事。

但是，我们也应强调，艺术创作毕竟是一件追求独特性和发挥引领作用的事业，都去迁就，追求周全，自然会打开格局，但也有抵消创作个性的风险。今天的人们对文学的漠视，一方面是因为，在一定程度上，作家已经不被人认为是知道事情最多的人群了。另一方面，过度追求知识的硬塞，文学性也会成为问题。强化非文学因素，向很多领域的"知道分子"示弱，势必会简化、弱化文学性，那也是致命的。影视剧在这方面一样要保持警惕。只有用艺术的力量打动人心，其他渗入性因素才能发挥正面作用。

让阅读成为生活

网络时代，电视承担起了"传统媒体"的责任，这是趋势所然，更是一种自觉选择。人们不只需要信息，还需要知识，甚至不只需要知识，更需要一种好的生活方式。

阅读，是一种纸面生活，当信息化以比高铁还要快的速度侵入我们的生活，当纸面阅读需要人们惊呼要求挽留的时候，当人们感慨地铁里、火车上，人人都捧着手机而不是报纸书本阅读的时候，一种前所未有的焦虑感在蔓延。

我们甚至感叹，一种良好的以阅读为支撑的生活方式可能会因为无处不在的网络而消失了。

这样的时刻，我们遇到了《朗读者》，一档以写作者、文化创造者、科技工作者为主角，以朗读历史的或当代的、经典的或自己创作的作品为主要呈现方式的电视节目赫然出现在荧屏上，这是对一种纯正文化生活的呼吁。

从本质上讲，是《朗读者》恰逢其时，呼应了社会关切，印合了大众文化需求。从另一个层面讲，《朗读者》的走红，是社会公众期待文化回归本来价值和社会作用的佐证。

就此而言，这种对时代呼声的呼应同节目的可观性一样值得珍视，主创者的敏感性和责任感更应得到称赞。

2017 年，《朗读者》在央视黄金时段播出，这种带有"反"电视节目通行"热点"的建构和表达，一下子成为舆论讨论的热点和观众追逐的对象。

每期节目都有一个主题，这个主题是温暖的、人性的，是人心的、日常的。每期节目都会出现几位嘉宾，他们是有代表性的，他们围绕节目主题朗读不同样式、不同风格的作品——作家自己的新作、普通人写下的书信、古今中外的妙文佳篇。

他们也许并不是最具专业水平的读诵者，但他们的身份决定了号召力，他们的经历体现出感召力。每一位嘉宾还会深情讲述，这种讲述是在主持人采访中被激发出来的热情，同时又与他们本来的生活根基、创作历程有着内在关联。

《朗读者》的意义即刻被放大，它不简单是对朗读活动的推动，内涵早已超出栏目名称的定义，指向更远大、更深广的目标。

原来阅读是如此美好，朗读是一种高尚的文化生活，倾听是一种正宗的文化品位。来自不同领域、研究不同专业、思考不同问题、从事不同职业的公众人物，表达着同样的文化情怀，传递着同样的道德文章。

在人们的日常生活被信息淹没、甄别信息却艰难纷繁的环境氛围中，《朗读者》提供的是一种似曾相识又别出心裁的文化享受。

2018 年，《朗读者》"第二季"再次出现在公众视线里。第二季是第一季的接续，同时又带着新的创意。如果说第一季是以文学营造一种美好的情境，以文学性吸引人们的目光，调动人们的情绪为主调的话，第二季则融合了更多社会领域的人士，将文字的魅力、文章的妙趣，将朗读的亲切播撒到全社会。

第二季从一开始就吸纳了众多科学家，如物理学家薛其坤、潘建伟，工程学家林鸣，这些本来与电视特别是综艺节目了无瓜葛的人们，让观众读出了儒雅，体会到了科学家的人文魅力。节目还出现了姚明、贾樟柯等明星式人物，他们在节目主题框架内的讲述，让观众近距离了解到成功者付出的艰辛和光环下让人心动的一面。

这些人物和作家贾平凹、余华等一起，讲述他们的《初心》，表达他们的《谢谢》，返回他们的《故乡》……感染力和专业深度格外吸引人们的眼球，深入到观众的内心。

也许朗读者的口音难免南腔北调，但初心是一致的；也许朗读的文章古今中外，但表达的情感高度融合。这就是文化的力量，就是文学的魅力，就是文字可以通过朗读，可以通过电视荧屏完美呈现的原因所在。

我不知道《朗读者》还会以怎样的方式改进且进行下去，但应该相信，有责任有担当又有敏锐观察力的电视艺术家，一定会在文化前行的道路上做出自己新的创造。

气概即文风

　　毛泽东是诗人，他的诗与文，具有鲜明的个性，但这种个性并非是形式、技巧上的某种标签。说到风格，也不是传统的豪放可以概括。说到底，是一种气概贯穿在诗文中，那种气概之高之大，远远超出文人写作的意义。那是一种政治家的气概，一种战略家的高度在诗文中的贯穿。

　　毛泽东深谙诗文之道，但他不会按一般的格局、套路理解、处理诗文写作，这一点甚至体现在他的文学阅读与理解中。

　　这里试举三例。

　　例一，我们都知道，鲁迅有一首诗，题为《自嘲》，其中的两句"横眉冷对千夫指，俯首甘为孺子牛"，早已为人熟知，用来比喻对待敌人与对待人民所应采取的截然不同的态度。这个比喻是毛泽东主席最早定义的。1942年5月23日，毛泽东《在延安文艺座谈会上的讲话》中说：

　　　　鲁迅的两句诗，"横眉冷对千夫指，俯首甘为孺子牛"，应该成为我们的座右铭。"千夫"在这里就是指敌人，对于无论什么凶恶的敌人我们决不屈服。"孺子"在这里就是说无产阶级和人民大众。一切共产党员，一切革命家，一切革命的文艺工作者，都应该学鲁迅的榜样，做无产阶级和人民大众的"牛"，鞠躬尽瘁，死而后已。

不过，鲁迅写此诗的用意是否直抵此高度，其实是可以讨论的。历来不乏不同意见。

比如，就在《人民政协报》（2006 年 12 月 14 日）上，曾有一篇署名"钦鸿"的文章，记述了鲁迅研究者的疑问。提到与鲁迅多有交往的老一代研究者蒋锡金就认为："像'横眉冷对千夫指，俯首甘为孺子牛'两句，主席解释得太高了。这是一首自嘲诗，这两句诗鲁迅对许广平解释过，'千夫'是指一切人，反对的也好，赞成的也好，我都不管，我横着站，冷对这一切；'孺子'是指海婴，是说我俯首做海婴的牛。我看这样的解释，才符合原意，如照目前流行的那么解释，后面'躲进小楼成一统，管他冬夏与春秋'两句又怎么理解呢？"

可是，毛泽东自然是读过、读懂鲁迅全诗及其含义的。但他作为一个特殊的读者和阐释者，就是要拔高诗句的含义，将其从家庭的、个人的感受中超越出来，变成更具社会意义和深广内涵的诗句。毛泽东，是鲁迅此诗的"解放者"，而且这种解放和超越是很贴切的，至今为人所共识。毛泽东，是鲁迅的非比寻常的知音。

例二，《红楼梦》第八十二回里，林黛玉说过一句话，是东风、西风谁更强的比喻。那句话是林黛玉对袭人讲的，是两个年轻女子对家庭琐事的探讨。

"黛玉正在那里看书，见是袭人，欠身让坐。"两人谈到了香菱、尤二姐之遭遇。"黛玉从不闻袭人背地里说人，今听此话有因，便说道：这也难说。但凡家庭之事，不是东风压了西风，就是西风压了东风。"特别的是，这里明明说的是"家庭之事"，但毛泽东则拿来用它比喻当代国际形势，尤其是中国与西方霸权主义之间的较量。毛泽东当然深通《红楼梦》，但他就是要把家庭之事提升为国家之事、国际之势。他更深通家国一理之道。这是林黛玉不可能理解的，也是历来的红学家阐释不到的。这是一种当仁不让的气概，是一种别样的"拿来主义"。

例三，毛泽东主席的《星星之火，可以燎原》里写道：

> "星火燎原"的话，正是时局发展的适当的描写。只要看一看许多地方工人罢工、农民暴动、士兵哗变、学生罢课的发展，就知道这个"星星之火"，距"燎原"的时期，毫无疑义地是不远了。

但是，毛泽东显然不能满足于只用"星火燎原"来比喻革命前途，文章是用散文诗的句式结尾的，而且是一连串比喻。

> 所谓革命高潮快要到来的"快要"二字作何解释，这点是许多同志的共同的问题。马克思主义者不是算命先生，未来的发展和变化，只应该也只能说出个大的方向，不应该也不可能机械地规定时日。但我所说的中国革命高潮快要到来，决不是如有些人所谓"有到来之可能"那样完全没有行动意义的、可望而不可即的一种空的东西。

紧接这一判断的诗句是：

　　它是站在海岸遥望海中已经看得见桅杆尖头了的一只航船，它是立于高山之巅远看东方已见光芒四射喷薄欲出的一轮朝日，它是躁动于母腹中的快要成熟了的一个婴儿。

没有非凡的气度和坚定的意志，哪会有这样的诗句。气概即文风。虽不能至，可以赏之！

编辑的态度与职责

由于传播手段和渠道的改变，"文学编辑"的职能和地位已经发生很大变化。现在大家喜欢用"零门槛"来表达作家与编辑的新关系。对很多作家来说，颇有一种自由与新生的味道，再也不用看编辑的脸色了，直接把作品发布到网上就算发表了。但我认为，这句话对一部分人是真的，对另一部分甚至是更多的人只是个虚幻，在有些情况下是事实，在更多的时候却未必是。

我们先不讨论网上发布与纸质出版之间的差别，就职业地位改变和态度变化来说，文学编辑的职业特性和从前果真没有可比性了。编辑的地位发生了松动，编辑这道门槛过去可能的确有脸色的问题，但作为文学作品发表必经的"关卡"，编辑有权对作家的作品提出意见甚至要求修改。现在，很多作家具有了自我成长能力。这是网络带来的好处，好作品被淹没的概率大大降低，但横空出世之作到底出现了多少呢？比起"泛文学"概念下的文学作品增多和文学语言的大幅度不讲究，编辑的功能弱化给文学带来了什么？

与此相关的问题是，中国现代以来建立起来的文学编辑传统眼看着有大面积丢失甚至丧失的危险。编辑的作用在弱化，现有编辑的职业态度、职业技能也在下跌。这或许是需要我们引起格外警觉的现实。以往的编辑会为作品中的一个典故、一个成语、一句方言俚语的准确性、必要性，甚至对标点符号、段落分法与作家商量沟通，现在呢，作者发来的电子版就是三校前的"定稿"，直接上版也不鲜见。作为必不可少的文学生产环节，编辑就这样成了"传统工艺"，似乎要与铅字印刷一起成为历史了。

由于纸质出版物——图书、报纸、刊物的存在，文学编辑作为一种职业依然是"文学界"里的一个类别，但这个职业领域所发生的新情况新问题却直接或间接地影响着文学创作与出版的质量。如果电子出版不能完全取代纸质出版，特别是文学出版的"正规性"和主流价值还体现在纸质出版上，回望中国现代以来的编辑传统，强调新媒介环境下编辑作用的必不可少，我认为是非常迫切而重要的。

在中国现代文学史上，有很多有才华的人宁愿一辈子只做编辑而不去争作家的饭碗，或者他们已经表现多样才华却终生以"编辑家"名世。比如邹韬奋、赵家璧、孙伏园、韦素园等人。也有很多著名作家，尽管小说家、诗人之名已经很大，却始终不离开编辑的岗位，无论他们是不是刊物的主编、出版社的负责人，都视编辑为自己始终坚守的工作。在这份名单里，我们至少可以列出以下这些名字：鲁迅、胡适、茅盾、郑振铎、周作人、叶圣陶、丁玲、徐志摩等。

以鲁迅为例，看看现代文学史上的著名作家是如何对待编辑工作的。

这里，我还想讲一个鲁迅与青年作者的故事，方知鲁迅的编辑观其实更重要的是对青年作者的关心与扶持。1921年7月，一位叫宫竹心的陌生青年给周作人去信求书，因周作人当时在北京西山养病，鲁迅代为回信，并寄《欧洲文学史》和《域外小说集》两册，申明并非借他，"请不必寄还"。8月16日，鲁迅又回信给宫，答应他可以到家访问，并附电话号码。知宫之兄妹都写小说，鲁迅信中很是鼓励，并表示"倘能见示，是极愿意看的"。十天后的26日，鲁迅又回信给宫，对他到访不遇表示歉意，但这不见是因为宫自己未约而至，所以强调他来前一定"以信告知为要"。同时，鲁迅接到了宫寄来的小说，包括他本人和其妹妹的，鲁迅认为其作品还未达到小说的水平，不过"只是一种 sketch"，但认为"登在日报上的资格，是十足可以有的"，认为二人"各人只一篇，也很难以批评，可否多借我几篇，草稿也可以，不必誊正的"，且说"我也极愿意介绍到《小说月报》去"。对陌生文学青年的诚意可见一斑。鲁迅在同一信中却又告诫作者，"先生想以文学立足，不知何故，其实以文笔作生活，是世上最苦的职业"。宫在前信中向鲁迅诉说过自己投稿不中的苦恼，对此鲁迅说："这种苦我们也受过。"他进而说："上海或北京的收稿，不甚讲内容，他们没有批评眼，只讲名声。"这里其实也有鲁迅的编辑思想，即一些名声大的报刊从来不看作者的文章，只以名声论刊用资格，此种风气在今天的文坛特别是京沪两地的所谓名刊大报也一样有吧。

宫是一位陌生的青年，他根本不知周树人与鲁迅的重合，直到通信两月后的9月份，他得知周树人就是鲁迅，鲁迅就是与他通信的周树人后，感到"失惊而狂喜"。并于当月到八道湾得见鲁迅兄弟。鲁迅不但推荐其发表小说，把宫的地址发给报社以便宫能收到稿费，而且推荐其翻译的小说作品在报纸上发表。宫因此走上文学道路，本来是邮局工人的他，辞职后希望鲁迅介绍工作，但鲁迅因实无可荐之处而婉拒，告诫他不要因为文章而轻易辞职。宫后来到天津找了一份临时记者的工作，抗战时期创作并出版了武侠小说《十二金钱镖》一举成名，一夜之间成了著名的武侠小说家。

从这个故事可以看出，鲁迅对创作者的扶持如此热情、认真而又精细，这种精神是今天的作家包括编辑应当学习的，至少应当意识到，现代中国文学史上的这一传统不应该丢失。

暴读、恶补与挑食

——我的阅读史

　　我的阅读史和饮食史基本上属于同步变化过程，大体上经历了饥不择食、暴饮暴食、营养选食和伤胃厌食等阶段。我出生于上个世纪的 60 年代初，饥不择食是童年记忆里最深刻的部分，发展到今天，也偶尔会打着饱嗝说出"吃饭真累呀""医生不让吃得太油腻"之类真心的时髦话。我的阅读也是如此。回想童年时期，在一座晋西北小城里，能读到的书最高级别也就是如今被称为"红色经典"的小说，我们那时都统称为"闲书"，我的周围逐渐形成了一个比着读、换着看的"读闲书"圈子。在那个没有电视也没有作业的年代，"读闲书"应当算是最高的文化享受了吧。所以我直到今天也不想贬低"红色经典"的艺术魅力。

　　让我第一次对世界产生奇妙联想的书，是小学时读过的一本名叫《五彩路》的儿童故事，讲述三个西藏的小孩，偷偷离家出走，经过长途跋涉来到了拉萨。城市里的奇观令人欣喜，路途中的种种奇遇更让人产生对外面世界的无限遐想。这种美丽的想象到上中学时读了凡尔纳的《神秘岛》再次得到满足。一粒米中藏世界，眼镜片里取天火，挑战生存的美妙体验，可以说是充满情趣的欧洲版《桃花源记》。

我第一次，甚至差不多是唯一一次因读书而掉泪的事发生在阅读《水浒传》的时候。那是 1976 年，我正在上高中，学的是"赤脚医生"专业。一本繁体竖排版的《水浒传》让我痴迷了很久，当读到李逵为了宋江不惜以死相许的情节时，那种深切的情义，让人禁不住潜然泪下。我知道这对很多人来说是不可思议的事，因为感人泪下的应该是《红楼梦》而非《水浒传》。

等到我 1979 年进入大学后，我的读书也由无目的的"饥不择食"转而开始面向名著的"暴读"，这种对名著的追逐几乎让我对课堂学习提不起兴趣。除了"恶补"古希腊悲剧、莎士比亚和 19 世纪批判现实主义小说，与思想者接近的愿望也越来越强烈，从亚里士多德、柏拉图，到斯宾诺莎、黑格尔，再到鲁迅、钱锺书，无论是否能够读懂和理解，都想到其中体验思想的快乐。大学四年，我最熟悉的地方是校图书馆的文科阅览室。阅览室的管理员是一位和蔼的老太太，她是我们中文系一位著名教授的夫人，教授我其实未曾拜访，他的夫人倒常常对我网开一面。四年中较为独特的阅读记忆，来自傅东华翻译的《飘》、中国的朦胧诗和王瑶的《中国新文学史初稿》。

研究生时代，我的读书更加"专业"，《鲁迅全集》和五四作家的作品第一次让我有了"必读书"意识。鲁迅思想还无法真正领会，他对生活的发现能力和语言的穿透力却每每令人折服。"与名流学者谈，对于他之所讲，当装作偶有不懂之处。太不懂被看轻，太懂了被厌恶。偶有不懂之处，彼此最为合宜。"鲁迅的尖锐多么奇妙啊。

20 世纪 80 年代的中国知识界，大家还在互相推荐可读之书，对我影响最大的著作，一本是宾克莱的《理想的冲突》，另一本是考夫曼所编《存在主义》，两部著作都由商务印书馆出版。前者是对西方价值观变化过程的生动描述，有着吸纳不尽的思想内涵；后者是对存在主义的具象归纳，比之许多抽象的解释更让人着迷。也是从这本书里，我记住了克尔凯郭尔这个名字，也领悟到了从陀思妥耶夫斯基到萨特的思想脉络。

近些年来，当代中国作家的各类小说成了我最主要的读物，这其中有失望也有惊喜，体验过阅读的享受，也抱怨过乏味的折磨，但毕竟我们大家在同一片蓝天下生活，这些"生猛海鲜"的味道是将来的读者、域外的读者难以完全品得出的。经常面对周围人的作品，让我养成了一种不良的阅读习惯，面对任何读物，都很难有沉浸其中的诚意，总想以最快捷的方式知道其中的大意，立刻就想判断出这些书籍在思想深度上的品位。所以尽管书架上的书籍日渐增多，却常有无书可读的恐慌，面对书店里五花八门的图书，从前那种"抢购"的兴趣几近于无，时常还会有读书、著书均属徒劳的感叹。在图书市场这个汪洋大海里，我们的那几下扑腾，充其量也就是路边小店式的赔本生意。其实我知道，这并不意味着自己的读书观变得成熟了，在很大程度上是频繁的文化快餐让自己患上了厌食症。不过，仍然有智者的思想能让人感觉到快乐，罗兰·巴特和米兰·昆德拉最让我心动。而且，重读鲁迅也让人对世态人心有了更多体验。我的阅读于是如宿命般不可能停止。

读书：需要用生命去热爱

稍微年长一点的人大都是有这样的读书体验：我们既为今日的"撑得慌"满足，也时而会回味想当年读书上的"饥饿感"。在此一点上，我常常会联想到作家路遥。路遥在致朋友的一封信中说过这样一句话："只有白享的福，没有白受的苦。"这句话道出了人生道理，也道出了读书写作的道理。路遥生命中的苦与乐，写作上的付出与成就，个中滋味尽在其中。

今天的人们，读书的条件不知好了多少倍，然而读书却更像是一件需要呼吁的事情。今天的青少年，学习的动力压力不可谓不大，然而课本之外并无读书习惯却成了教育的隐忧。

厚夫的《路遥传》里记述路遥的读书，却是另外一种情景。饥饿是少年路遥的常态，贫穷是他成长中如影随形的伴侣。然而也就是在这同时，路遥在读书上表现出来的饥饿感，甚至可与其食不果腹的生存现状相比。上一个县城的中学难如上天，然而没有什么力量可以阻挡一颗求知欲达到极致的心。路遥是学校图书馆里的常客，并想尽一切办法去寻找可以读到的图书、刊物、报纸，县城里的文化馆、新华书店，只要有书报刊能借读、蹭读、"偷"读的地方，都可以看到他的身影。无力上交伙食费的他，却"如饥似渴地吞食着所能找到的一切精神食粮，抓住一切机会读书看报"。

无时不在争取的阅读不但让他成为作文高手，更让他对外面的世界产生了无限的遐想。他记住了登上月球的英雄加加林，并在多年之后，为自己笔下走不出乡土的农村青年起了一个充满理想色彩的名字：高加林。当路遥成为一名作家，写出轰动一时的小说《人生》之后，通过阅读获得的放飞是彻底的、全方位的。

《人生》的巨大轰动没有让路遥飘飘然，他立下了更大的创作志向，写一部超越自己的长篇巨制。试想，路遥最终的创作成就和文学地位，必须有《平凡的世界》的不平凡创造。为了完成一部史诗式的作品，路遥做了超乎寻常的创作准备。而所有这些准备，同样是从阅读开始。

根据《路遥传》的叙述，路遥为创作长篇小说的阅读准备几乎是"学术"式的。为了掌握长篇小说的创作规律和艺术特点，他集中阅读上百部中外长篇小说，分析它们的主题，研究它们的结构，其中《红楼梦》读了三遍，《创业史》读了七遍。通过集中阅读，他明白了长篇小说是结构的艺术，真切体会到创作长篇小说"要求作家既敢恣意汪洋又能绵针密线，以使作品最终借助一砖一瓦而造成磅礴之势"。为了让笔下描写的生活能够入情入理，他同时阅读了大量社科著作，甚至包括工农商科、林牧财税等领域书籍。为了让自己塑造的小人物能够真正融入大时代，体现时代精神，他找来近十年内从中央到省到地区一级的报纸合订本，逐年逐月逐日逐页地翻阅。最终，这种"非文学"的阅读让他达到了"任何时候，我都能很快查找到某日某月世界、中国、一个省、一个地区发生了什么"。正是这种从中外小说到百科读物再到各类时事报纸的阅读，为他做一个时代"记录官"的创作理想打下了文学的、文化的、知识的坚实基础。

生活在今天的人们，特别是处于成长期的青少年，享受着迅捷发达的通讯，接受着乱花迷眼的信息，心性和精力还无时不被虚拟的狂欢、着魔的游戏所牵扯和吸引，读书看报这种"传统项目"反而成为边缘化的活动。没有如饥似渴，缺乏真诚热爱，读书终究成不了一件美好的事情，也不可能养成良好的阅读习惯。遥想路遥，闭塞中搜求的阅读，贫困中坚持的阅读，如醉如痴的阅读，广泛涉猎的阅读，漫无目的的阅读，反复精细的阅读，向大师学习并寻找规律的阅读，向经典致敬又独立思考的阅读，自己无法抑止、别人无法阻止的阅读，方才是读书正道。

关于"忠实于原著"

　　将文学作品，尤其是经典文学作品改编成其他艺术形式，这在今天已经十分普遍。《红楼梦》等名著还不止一个版本。文学人也很为"文学是一切其他艺术的母本"这个说法骄傲。

　　文学作品的改编中有一条定律，叫作"忠实于原著"，同时又有一条创作诉求，即改编也是创作，也要有原创性。这二者其实经常有打架的时候，处理好并不容易。文学创作是语言艺术，形象的呈现有"间接性"特征，转换成影像艺术或舞台艺术，形象化展现自然更直接了，但也很容易丢掉语言艺术里既有的丰富内涵。

　　1930 年 10 月 13 日，鲁迅致信一位叫王乔南的人，谈到《阿 Q 正传》的剧本改编问题。因为这位中学数学教师，正要把《阿 Q 正传》改编成电影剧本。鲁迅信中说："我的意见，以为《阿 Q 正传》，实无改编剧本及电影的要素，因为一上演台，将只剩了滑稽，而我之作此篇，实不以滑稽或哀怜为目的，其中情景，恐中国此刻的'明星'是无法表现的。"很明显，鲁迅不支持这种改编。但这位很坚持，鲁迅也只好作罢。于是 11 月 4 日又致信称自己并"无要保护阿

Q，或一定不许先生编制印行的意思，先生既然要做，请任便就是了……它化为《女人与面包》以后，就算与我无干了"。把《阿Q正传》改名为《女人与面包》会怎样，我们只有呵呵了。

这是乱改。但过分"忠实于"，以至于拘泥于原著，就一定好吗？我想起曾经看过的改编自同名小说的话剧《简·爱》。此剧最突出的印象是对原著的完全忠实。基本上是对小说故事情节的整体迁移和浓缩。观看后的第一感受，是让人想起世界名著系列绘图本。简·爱和罗切斯特爱情是故事主线，并不涉及其他社会内容。突出简·爱穷而倔强、朴实而独立的性格，稍带也对资产阶级贵族阶层的虚伪进行了嘲讽。它引起我对"忠实于原著"这一改编原则的思考。

小说是经典，但那是小说，戏剧有其自身的艺术要求。缺少噱头，缺少穿插，缺少悲喜剧之间的交叉，没有小丑式人物，戏剧性还是会打折扣的。太过忠实于原著，体现在努力实现原著表达的内容和感情，"还原"成了努力目标，基本是要将观众带回到19世纪文学中去。人物是单面的，性格缺少复杂性，人物内心没有多面冲突。戏剧人物为了突显性格甚至不惜动用脸谱，但戏剧人物的性格只有体现出复杂性才能感染人，要将人物置于矛盾中，冲突不但是人与人之间的，有时也是一个人内心的挣扎。哈姆雷特王子是矛盾体，俄狄浦斯王是矛盾体，周朴园是矛盾体。布莱希特戏剧里，面临死刑的伽利略遇到一个人生困境：苟且求生则失去尊严和人性力量，赴死则断送继续在科学上为人类做贡献的机会。

很多改编在这方面缺少思考，力量感受损。经典文学作品如何改编的确是个难点。忠实于原著是通行的认可原则，但时隔数个世纪的经典名著改编，在人们对小说故事了然于心的情形下，当代人改编古典作品，东方人改编西方经典，究竟应该怎么改，当代精神是否应当适度注入其中，精神、文化含量是否应当有一点当代色彩，又如何很好地融合到传统的故事当中，这是我们面临的难题。

读《论语》 识新"知"

　　《论语》是一部大书，片语箴言中我们可以找到所有需要的人生训导。这些穿越几千年历史尘埃的话语，之所以在今天对我们还有如此强劲的吸附力，是因为人的理想追求常常总是那些最基本的东西。它们不可抗拒地出现在每一个时代，我们为它们做了那么多阐释，到最后，大多不过是原初道理的附注而已。先贤的平实话语仍然最具"原创"色彩。

　　新近读《论语》，发现"知"是出现频率最高的字词之一。我本人粗略统计，《论语》使用"知"字近五十次之多。再细读，发现这个字在书中的含义又分为几种。一是最基本的含义，即"知道""了解"；另一种通"智"，指"智慧""知识"；再一种则带有更复杂的情感含义，即人与人之间的理解、沟通。在《论语》的全部二十个章节里，每一个篇章里都有"知"在其中，尽管含义不完全相同，但"知"字本身贯穿全篇。在这些频繁出现的"知"当中，人与人之间的理解最让人感慨。"子曰：'不患人之不己知，患不知人也。'"一个人不要害怕别人不理解、不知道自己，怕的是自己不理解、不知道他人。这个道理正体现着孔子做人的境界。有时，孔子把这两层意思分开来说，"君子病无能焉，不病人之不己知也。"一个人应当更多地关心如何提高自己的能力，而不要过多地忧惧别人不了解自己。"不患人之不己知，患其不能也"，讲的是同样的道理。"樊迟问仁。子曰：'爱人。'问知。子曰：'知人。'"什么是知？知就是努力去了解别人，理解别人。

知人，在孔子心目中是个大道理。知世理，提高自己的能力，说到底还是一个"知"字。"子曰：'由！诲女知之乎！知之为知之，不知为不知，是知也。'"这一句话中，有六个"知"字，足见孔子苦口婆心地教诲自己的学生如何懂得"知"的道理。"温故而知新，可以为师矣。""吾有知乎哉？无知也。""观过，斯知仁矣。"世间的道理，不一定都是书本上的，都应以无知的前提去追求有知。这是孔子的胸襟，也是他谦恭为人的明证。

在《论语》中，"知"有时可通"智"，但就我们从阅读的感觉看，如果以"智"代"知"，语义上还真的会有所不同，因为在孔子那里，这"智"仍然含有"知"的本义。谈论智慧、聪明的话，在《论语》中非常之多。"仁者安仁，知者利仁。""务民之义，敬鬼神而远之，可谓知矣。""仁者不忧，知者不惑，勇者不惧。""君子不可小知而可大受也，小人不可大受而可小知也。"此处的"小知"，是小聪明的意思。"唯上知与下愚不移"，则在说明大智与至愚之人意志最坚定这个道理。

当然，"知"字的含义并不止这三种可以涵盖，更何况我们的理解有时也仅停留在字面上，而无法与先贤内心的诉求相应合。"五十而知天命"的"知"意指"认同"，"告诸往而知来者"的"知"则意在"运用"。个中味道，还要我们在阅读中慢慢品味和把握。总之，读《论语》，识新"知"，果然是一种令人欣慰的感受。

217

一点读书的思与愿

俄罗斯文学（包括苏联文学），对几代中国作家的创作产生过重大影响。比如现在仍然活跃的作家王蒙，他的作品里总有一种让人联想到俄苏文学的隐约感。我参加的第一个王蒙作品研讨会，就是他的纪实作品《苏联祭》。俄苏文学更对中国读者的阅读审美产生过广泛持久的影响。对很多中国读者而言，俄苏文学就是自己文学的一部分，进而可能无意识会淡忘了是外国文学。

鲁迅就是俄罗斯文学的追踪者。他翻译过果戈理的《死魂灵》、法捷耶夫的《毁灭》，其《狂人日记》也受了果戈理的同名小说影响。契诃夫小说也是他所关注的。他的散文诗集《野草》里的部分篇章，有源自屠格涅夫的启发。他说过自己的小说《药》的收束，尽管已经努力以"平添的花环"表达对革命者的敬意，但仍然认为小说的"收束"，"还留有安特莱夫式的阴冷"。他在散文诗《一觉》里也引用了托尔斯泰的小说。

鲁迅认为，"俄国文学是我们的导师和朋友"（《祝中俄文字之交》）。说到朋友，北京时期，鲁迅跟周作人受蔡元培之托，一起接待过俄国盲诗人爱罗先珂，与其有过深厚交往，并因此写下了小说《鸭的喜剧》。

30年代，英国文豪萧伯纳到上海访问，见到鲁迅，称鲁迅是中国的高尔基，而且比高尔基漂亮。鲁迅则回应说，我更老时，还会更漂亮。事实上，鲁迅对高尔基也同样是非常熟悉和敬重的。加上鲁迅对别林斯基、卢那察尔斯基等俄国文艺理论家的译介，鲁迅对俄苏文学的关注可谓深广。

当然，鲁迅评价最高的俄罗斯作家，是陀思妥耶夫斯基。陀氏也是鲁迅唯一称为"伟大"的小说家。他深深地被陀氏小说吸引，"一读他二十四岁时所作的《穷人》，就已经吃惊于他那暮年似的孤寂"。他说："凡是人的灵魂的伟大的审问者，同时也一定是伟大的犯人……这样，就显示出灵魂的深。"（见为陀思妥耶夫斯基作《"穷人"小引》）

的确，陀思妥耶夫斯基的多方面言行，可能都在鲁迅那里得到深深的感应。我曾经在一本《陀思妥耶夫斯基自述》的书里读到这样的话，那是陀氏对自己祖国孩子的观感："这里孩子能够听到的只是毫无顾忌地否定一切，否定一切高尚的东西，而代之以物质方面的考虑，孩子们得不到任何必要的基本训练，既没有来源于自然的真理，也没有尊重祖国的意识，更没有将人民放在至高无上的地位。这种情况下，我们的年轻人怎能获得真理、形成正确的生活方向呢。"这种对青年的关心、关注，以及与民族国家相结合而产生的忧虑，与时刻关心着国民灵魂觉醒的鲁迅，是那样的接近。

陀思妥耶夫斯基对自己作品的态度，也让人想起鲁迅。《陀思妥耶夫斯基自述·前言》里，译者黄晶忠写道，尽管许多俄国作家和评论家都认为，陀思妥耶夫斯基的《罪与罚》要比雨果的《悲惨世界》写得好，但陀思妥耶夫斯基自己却一再声明，《悲惨世界》在叙事方面要比《罪与罚》强得多，并且同那些把他抬高到雨果之上的人进行了激烈争论。经典大家的风范总是出人意料。

要读的书太多了。但我已暗自决定，待获得完整阅读时间时，理想的工作是，首先通读一遍陀思妥耶夫斯基。

至于为什么俄苏文学（包括音乐、舞蹈、美术等）对中国几代人影响之广泛、深刻及持久，我并无成熟思考，只能略谈一下粗浅看法。

一、民族历史的相似决定了这种印合。俄罗斯文学里对苦难的表达和反抗的姿态，对近代以来面对外辱内乱的中国有识之士而言，很容易产生共鸣。

二、国家体制的共同性。苏联鼎盛时期的一切，都是中国人的理想。苏联文学也是最具理想的，即使是现实主义作品，在中国读者看来，也充满了令人向往的浪漫主义色彩，比如《钢铁是怎样炼成的》这样的小说。

三、观念上的高度认同。俄罗斯文学，包括苏联文学里强烈的家国情怀、民族意识、国家观念，以及个人在这一进程当中的选择，都对中国现代以来的作家和读者形成吸引。

四、艺术上的高度认同。俄罗斯文学当然有非常丰富广博的艺术特质。对于很多中国作家和读者来说，他们都是非常亲切的，可以从内心去感知，并愿意从创作上去借鉴学习的。

俄罗斯的音乐、美术、舞蹈等其他艺术，的确都在中国有广泛的传播和持久的认同。

用读书获取力量

极不平凡的 2020 年刚刚过去，这一年我们经历了太多，生活的轨迹、方式、要求发生了变化，心理、情感经历了很多起伏。似乎每一天的生活都值得记录下来，成为未来的借鉴。

作为中国人，这一年我们时时刻刻都在感受到个人和家庭与祖国、与党在一起，党中央的决策、政府的政策，直接引导、指导着我们的行为规则。我们也是第一次如此强烈地感受到，个人和家庭与整个世界或直接或间接的联系。我们亲历了、看到了、听闻了太多这个世界的风云变幻。这幅复杂纷纭的图景中，越来越清晰的是强大中国的形象。在新冠肺炎疫情在全球肆虐的情形下，中国依靠党和政府的沉着应对、精准施策，取得抗击疫情的重大战略成果，让人民在秩序中安全生活。中国，也是唯一在经济上取得正增长的重要经济体。我们欣慰，更感到自豪，我们感恩，更感到振奋。

过去的一年里，全国政协在全体委员中倡导读书，广泛开展读书活动。各类主题的读书群在热烈的氛围中推进，充分展现出政协委员的多样才华、丰富知识。智慧的风暴总是带给人新的兴奋，读书交流也让委员会间缔结起更深的情谊。新的一年，作为政协委员，我将继续参与读书活动，积极履职，为人民政协的事业尽自己最大的努力。和大家一起，以崭新的姿态和优秀的业绩，迎接中国共产党成立一百周年。

一本有学术有情怀的刊物

《新文学史料》由人民文学出版社主办，是一份与中国改革开放同步伐的学术刊物。1978 年 12 月创办开始，刊物就追求对五四新文化运动重新进行客观公正的、学术的、专业的追忆和总结，很多是亲历者的回忆、记述。定位近似于政协的文史资料丛刊。

在众多的文学期刊和学术刊物中，《新文学史料》具有独特的地位，发挥着不可替代的作用。五四新文学，是五四新文化运动最重要的组成部分。从那以后，无论是五四运动的风起云涌，还是接下来的潮起潮落；无论是民族救亡图存的奋起，还是全民抗日的同仇敌忾，中国新文学的每一次浪潮，注定和国家民族、和人民大众有着直接而深刻的联系。所有的文学思想、创作追求，所有的作家创作历程和文学观念，都成为这部宏大历史中不可剥离的一部分。对他们的总结、定位，对他们功过是非的评价、分析，变成了一部复杂的历史。

这些历史既需要从大局观上进行评说，也需要提供可资信任的史料作为佐证，而且史料本身就是观点，就是态度。在此意义上，《新文学史料》的目标，很重要的一条，正是为五四以来的新文学做还原历史、正本清源的工作。同时它也以百家争鸣的态度为各家提供言说的空间。

《新文学史料》坚持端正的学风、良好的文风，这同样难能可贵。毋庸讳言，长期以来，包括在文学理论研究界，我们学术论文写作中，存在着理论空转、缺乏作家作品依据、缺少对研究对象进行深入解剖的学风和文风。重复的观点、重复的引用、格式化的文体，随着职称评定要求等，有愈演愈烈之势。

在此情形中，《新文学史料》构成了一道独特风景。它不求文风的花哨，却要求史料的扎实；它不摆理论的架子，却要求下笔有根有据，无论是否有大胆的假设在先，它更强调每论都要小心求证。比起单调重复的学术腔，这里随时可以读到让人心喜的资料，获知未曾听闻的逸事，帮助我们厘清一段纠缠交错的人与事的林林总总，补充未曾得到过的史料细节，打开更加宽广的学术视野。

小刊物一样蕴育大作家

在陕北延川，有一份名为《山花》的文学刊物，这份县级文学内刊，从创办至今已经四十多年。因为和作家路遥联系在一起，又因近半个世纪坚持出刊，为当地培养了一大批文学人才，因而名满天下，人们用"山花烂漫"来形容它的成长和贡献。习近平总书记在去年看望政协文艺社科委员的讲话中，也谈到这份小小刊物。

路遥的文学道路，他的精神成长，都与《山花》分不开。他最早在这里让自己的作品变成铅字，也同曹谷溪等一起参与办刊。"《山花》与路遥"本身就既是一种文学现象，也孕育了一种文学精神。

《山花》与路遥互相成就的事实证明，文学刊物无级别，作家作品有大小。大刊物不是牌子大、级别高，而是看其对文学产生过的影响和价值。大作家更不是看其架子大、名头大，而是取决于是否写出了大作品。

《山花》和路遥互相成就的事实还证明，文学是一件坚韧的事业，要耐得住寂寞，要勇于在寂寞中坚持、坚守。作家创作要甘于寂寞，办刊物同样需要甚至更需要甘于寂寞。因为作家还有可能、有机会在沉默中爆发，办刊物、当编辑则要始终为他人作嫁衣裳。

坚守就是坚守现实主义创作态度，坚守为人民创作的立场。

路遥写出影响广泛的大作品是在改革开放新时期之后，他在延川《山花》发表作品则在此之前。《山花》时期的路遥作品，看似短小简单，且留有特殊历史时期的明显印迹，但正是从这些作品中，可以读出路遥文学创作中的某种不变的追求和底色，可以看到他后来在小说作品里放大的情感基础和文学基因。

比如被视为路遥第一篇小说的《优胜红旗》，这篇作品刊登在 1972 年 12 月 16 日的《山花》第七期上，讲述了村民们修梯田争"优胜红旗"的故事，年轻的二喜为得到红旗而争时间抢速度，石大伯却没有参与这种速度竞赛，而是默默地为他们因为争抢而留下的破漏处"返工"。小说从始至终强调的不是大干快上，而是烘托出一种扎扎实实的劳动态度。

路遥最早的诗歌《老汉一辈子爱唱歌》里，在看似颂歌的信天游里，也加进了对某位来自"省里的""权威"的讽刺。诗中描写这位"大权威"拿着笔要记录"老汉"的歌谣，说回去后整理成诗集出版，进而又说"老汉"的唱曲太土，认定"土腔土调话太粗，这种作品没出息"。而诗中的"老汉"却对此予以严厉反击：

> 我一听这话心火起，
> 一口气顶了他好几句：
> 山里的歌儿心里的曲，
> 句句歌颂咱毛主席！

山歌虽土表心意，

从来就没想到出"诗集"。

那人把鼻梁上眼镜扶上去，

一猫身钻进卧车里……

　　诗句里不但流露出路遥不可扼制的小说写作才华，更表露出他骨子里的平民态度。试想，踏实的劳动态度，骨子里的不服、倔强，不正是路遥性格里最鲜明的特质吗。

　　延川的《山花》也是一种启示，说明文学的人民性体现在朴素的情感里，体现在普及的过程中，虽说朴素却又是热切交流，虽是普及却也是薪火相传。

　　目前，在全国范围内还有上千种《山花》式的文学内刊，它们的传播范围非常有限，而且基本上都是处于人员、经费等短缺状态，发展面临着诸多困难。《山花》可以说是标杆，是榜样。《山花》的发展得到政府和社会多方支持，现在情况不错。更多的基层文学内刊期望得到切实改观，真正实现文学"山花烂漫"的景观。

　　（附注：延川培养文学人才已成传奇。这个县的作协是有正式编制的单位，属全国特例。凡发表文学作品者，均有奖励甚至获得就业机会。《山花》虽然至今仍是内刊，我也曾受托为其公开试图努力而无果，但刊物依然办得有声有色。）

文化生态之一忧

　　昨天上午，参加电视台一档节目的看片及研讨会，见到一位出版界的老朋友。他长期做畅销书，常常靠一本书带火一个作家，是文学出版界的厉害角色。

　　会前寒暄并简单聊天，谈到最近忙什么，他却像打开了话匣子，收不住了。主要是感慨图书市场之艰难。尤以文学为重，当然，因为我们都是做文学的，他也势必会以文学为例。其实，所有门类也都差不多。

　　在他眼里，写书、出书、发书，都有日益艰难之势。

　　首先是纸质书被电子阅读严重挤压。不是现在的人不读书，而是阅读的方式变了，新的人群更愿意读电子书，过去读纸质书的，也有很多改成电子阅读了。

　　这其中受打击最大的是小说。写得好不好与发行量大小已无直接关系。有时写得好还不如起的书名好。而且随着微信、抖音的迅猛发展，连心灵鸡汤类的书也坚持不下去了。从前，都是一个都市白领、成功人士，用一则小故事讲述一个大道理，汇成一册，起一个励志的书名，如：《不要让明天的你痛恨你的今天》。这种书一上来就是七十万左右的印数。现在则连十万都不敢印了。而且打败他们的，不是博士博导，大多是小镇青年，这些人用一分半钟的短视频，就把这点道理都讲清楚了。而且一样励志，还不装。心灵鸡汤尚且如此，况小说乎？

再说书不好卖。纸质书本来就受电子书强力冲击，在此情形下出版的图书，又要经历市场新秩序的考验。由于电商、网购的兴起，更由于其折扣常常对半砍刀，实体书店优势全无。实体店就算对半拿到书，必得加上房租、人员等成本，七五折是最低的了，那也完全无法与网购相比。

的确有这样的情形，一些还愿意逛逛书店的人，如果发现一本可买之书，也是把书店的书用手机拍一下，回家后到网上购买。朋友说，两年前，实体书店和网购的销售占比还勉强是 30% 对 70%，现在则惨到 10% 对 90% 了。

朋友的介绍，也让我想起一个月前，我到北京最著名的书店之一涵芬楼所见情景。偌大的书店分上下两层，依靠着商务印书馆的百年金字招牌，然而店内读者人数之微少真让人唏嘘。一眼看出去，营业员比顾客多。

那么，要改变的是什么，改变谁，由谁来改变？呼吁人们守成，还是自己赶紧转变思维？这真是个一言难尽的问题。

说话间，开会时间到了，我和朋友都说，不说了不说了，看片儿。

像写书一样建馆

上海虹口区多伦路，曾经在上世纪二三十年代聚居过一大批文化名人。其中以鲁迅最负盛名，其次如茅盾、叶圣陶、冯雪峰等。中国现代进步文人曾在这里留下辉煌的业迹。九十年前的 3 月 2 日，中国左翼作家联盟也在这里成立。这是中国现代文学史，也是现代文化史上的重要篇章。

虹口区有关部门十分重视对多伦路街区的保护。这里开设了鲁迅小道，清新、亲切。左联纪念馆每年都会举办不少于十场的"多伦文化沙龙"，在鲁迅与左翼作家们聚会的场地，当代作家学者们就相关话题进行演讲交流，让这座老建筑生发出鲜活的文化气息。

在高楼林立的上海，多伦路老街区格外需要呵护。可我又想，这种别致，这种呵护，只是被当作一处景观圈起来，只强调它当年如何了得是不够的。传统的文化遗存，必须要有当代元素的添加，要让老房子里发出当代声音，让弘扬传统与文化创新相融合，增加对社会公众的吸引力。以左联纪念馆为例，这里当年发生的一切，追踪下去，其实都与今天有关，直接间接，说不完道不尽。许多当年的话题到今天仍然可以接续，前辈作家的作为到今天仍然值得继承。

我时常有机会参观各种各样的纪念馆、名人故居，也时常会感觉到有些场所的维持不易。原因固然各有不同，但我以为开掘这些文化遗存的多种元素，增加它们的生趣，是一条有效的发展途径。

也是在上海，我曾参观过离思南公馆不远的孙中山故居。这处建筑保存完好，内里的布展很丰富，连房前的草坪都依然保留着。不过，从我的角度看，也还有一点遗憾。因为 1933 年 2 月 17 日，正是在这座建筑里，宋庆龄接待了英国著名作家萧伯纳。那一天，蔡元培、鲁迅、史沫特莱、林语堂等沪上文化名人齐聚这里。鲁迅、林语堂等与萧伯纳在草坪上的合影早已成为珍贵的历史资料。其情其景，历历在目，也让这所房屋添加了许多逸闻趣事、文化气息。但可惜，展览似乎并没有涉及这方面的内容，还是有一点遗憾的。

我还记得有一次在太原跟朋友聊天，谈起位于武乡县的八路军总部纪念馆，意义十分重大。不过朋友也有一些看法，认为里边的展览内容、展览方式还有很大的提升空间。我当下就说给朋友一件曾经读到的逸事，上世纪 30 年代，萧红得到鲁迅多方面关怀、支持，是一段现代文坛佳话。鲁迅曾经对萧军、萧红的作品认真修改，并亲自作序，又支持"二萧"作品出版。据史料记述和当事人回忆，萧红离开上海到北京后，曾得到自己的乡友、同为作家的舒群的帮助，让她度过了艰难的时刻。临别时，萧红为了感激舒群，将鲁迅修改过的长篇小说《生死场》手稿赠予舒群。此书稿成了舒群的珍藏品，舒群也是带着这部手稿到了武乡的八路军总部工作。在遇到日军空袭紧急撤离时，鲁迅精心修改过的《生死场》手稿也因此成了无法找回的失物。想起此事，令人感叹、遥想。如果在当代展览中能用文字、书影等方式谈及此事，既可增加文化内容，也会引来参观者的津津乐道，因此找回遗失八十年的手稿也说不定，那可就是一件功德无量的好事了。当然，这只是一个文化元素，那里应该还发生过其他我们疏于找寻、未曾考证，更没有想到纳入展厅的故事，提升的空间的确很大。

好的文化场所，博物馆、名人故居、文化街区，就像一本本好书，即使你已读过多遍，随手一翻，总能读出未曾意识到的新意。

君子之风

欣闻《蔡润田文集》研讨会举行，谨表热烈祝贺！

我与蔡润田①老师同室共事逾十年，他给予我的多方教诲、帮助与支持溢于言表。尤其是他的为人为文，无论是今世稀有的儒雅之质、君子之风，还是为文上始终秉持的端正严谨、惜字如金，在我的成长过程中，都在潜移默化中发挥着教导、修正的作用。

蔡润田老师学术功底深厚，他在《文心雕龙》研究上取得的成就可称一流。也许正因为他始终从内心"取法乎上"，所以在我印象中，他总是对自己已写出的文章多有不满，对未进行的写作又苦心孤诣。这也造就了他惜字如金的为文作风。在很多人看来，甚至我本人也一度认为，这种写作态度在当今时代并不可取，有"过时"之嫌。然而，今日面对《蔡润田文集》第一卷里扎实的论文，可以感受到，用心写出来的，才是真正的文章。

由于心中总是怀着对经典作家作品的敬仰，面对纷繁变

---

① 蔡润田先生是我在山西作协工作时的领导和兄长，专事文艺理论与评论，曾任山西省作协副主席。

化的当代文坛，蔡老师也常常表达自感追踪不上的紧张感，甚至有自感愚钝的心理压力。但其实，我一直以为，他的艺术感觉十分敏锐，对作家作品的判断多有独到之处。只不过他不会追着时髦奔跑，不屑乱用轻巧概念、词语而已。他对作家作品的评价，不以亲疏远近为取舍，也不以名头身份论高低，坚持按照自己的阅读体会、审美标准，坚持同样的认真严谨、一丝不苟的态度从事评论。《蔡润田文集》中大量的作家作品评论，可知他对当代中国文学，尤其是新时期山西文学发展的热情关注。

人近古稀之年以后，蔡老师在研究与创作上更显用功，更加精进，成果不断，令人钦佩。这也足以见出，坚持对于一个学者和作家的重要。他没有过爆得大名的时刻，有的只是始终不渝的坚持。我就借用、套用鲁迅先生的一段话总结一下吧：他并非是耀人眼球的优胜者，却是不甘落后、非跑至终点而不止的竞技者。当今时日，我们对这样的竞技者应持肃然起敬的态度。

2020 年 10 月 21 日

中秋思文录

——在凤凰出版传媒作者年会上的发言

我们把文学比作很多东西，文学是灯塔，是火炬，是长河，是星辰……都是非常美好、非常优雅，让人不能离开的比喻。而在这个中秋，我正在思考文学究竟是什么，不知道为什么突然想到，文学其实和月饼好有一比。

中秋是春节之外中国最重要的传统节日，月饼是中秋最重要的符号和象征物。中秋将至，无论你在公司大堂、门口，还是在小区保安处、传达室，快递明显增多，这其中，一盒两盒、一箱两箱的月饼占了很大比例。中秋佳节的气氛烘托，月饼是首选，绝对不能少。

问题是，作为一个个体，我们每个人需要什么样的月饼，以及我们真正需要拥有多少个月饼？

时代变了，月饼曾经几乎是节日才能拥有的美食，其甜度、其工艺、其形状，非日常的普通食品可比。然而今天，我们除了寻常的家庭餐饮外，拥有了太多天南地北甚至外国的食品，零食之丰富，简直到了无法计数的地步，加上电商的发达，无论你生活在何处，几乎可以迅速得到想要的任何食物。月饼，其实在一定程度上已经离开了我们的餐饮名单。它就是个馈赠的礼物，大家都在送来送去，造成一种节日将至、热闹非凡的气氛。其实到底有几个人真正打开品尝，以及视若珍品，没有多少人关心过。

但中秋将至，月饼不能少。

如今，人们的饮食理念也发生了变化。无论大人小孩，对甜食、对油腻，都保持着警惕，月饼又似乎是双料"最佳"。只要你掰开一块月饼，家人、朋友看到了，多半都会劝你尽量少吃。月饼作为传统美食，在受到种种现代食品严重冲击的同时，它与现代的、科学的、指标化的健康理念产生了矛盾。

但中秋将至，月饼不能少。

自有人类社会以来，就有文学。它在劳动中产生，为劳动服务，逐渐演变成一个独立的世界，当然它永远也离不开人类的生产和生活。文学太久远了，几千年来的中国古代社会，上百年来的中国现当代社会，改革开放四十多年来的新时期中国社会，文学一直是我们文化生活最重要的载体和欣赏途径。文学是社会生活的一面镜子，恩格斯从巴尔扎克那里得到的，比从所有社会科学领域里得到的总和还要多，文学多牛啊。文学是一切艺术之母，一剧之本靠的是文学，文学还是很了不起。

如今，时代变了，连电视都快成传统媒体了。纸质媒体与网络、手机媒介之间的距离，甚至都要大于线装书与现代印刷书之间的距离。人们的文化生活以及接受艺术欣赏的方式、途径变了。这些都不用我这里再说，大家都是亲历者。连游戏都要成"艺术"的一部分了，连游戏都完全电子化了。王蒙先生敏锐而坦率地指出，他上网一搜，搜《红楼梦》多指电视连续剧，搜《三国演义》，首屏推的都是游戏。

确是实情。这就是文学新处境的一种表征，而且很难逆转。

然而人们需要文学。社会需要，读者需要，一切其他艺术都需要文学。

文学人不能一味地抱怨，我们还要自问一下，我们提供的，是不是当下公众最需要的文学，我们创作时是否考虑过当代读者变化了的审美需求？自然，不管不顾也是一种选择，但不能大家都如此。我们创作、发表、出版了那么多作品，不说质量，仅就数量而言，有没有过剩之嫌？在网络和手机引来全民写作的背景下，作家创作和无意于经营此道者的写作之间，究竟用什么标准来划分和区别？思想性？艺术性？谁来制定那个标准，以及我们达到了吗？

正是这些原因，让我想到，如今的文学就像当下的月饼一样，不能没有，坚持拥有是一种文化责任和文化情怀，但怎样拥有，拥有多少，在供需间寻找适度的平衡，这或许是需要认真思考和讨论的。

月饼和文学，它们都是传统的，都具有上千年、数千年的历史。它们传递着美好情感，附着着人们的期望，寄寓着人们对世界的瞻望，蕴含着人生理想。它们都是甜美的，超出我们平常的获得和需求。因为在一个特殊的时刻，人们愿意享受超出日常的甜蜜。它们都逐渐成为人们交流的媒介，人们各自制作或者分别订购，通过各种途径来获得，然后积极赠予，四处推广。它们的背后都有很多故事，上接天上的月亮，下接人间的期许。它们是现实的，同时又是浪漫的；它们是物质的，同时又是精神的。

为了在一个物质、信息、形式都极大丰富甚至过量的时代存在下去，月饼和文学都努力增添、强化着自己的标识。月饼的包装越来越复杂、豪华，吃一小块月饼，需要打开五六层包装，用纸比用面还要多。可是有什么用呢，许多还不是击鼓传花式地不知道让哪一个人丢弃。文学虽然没有那么夸张，但豪华印制变成了比拼质量的重要环节。赠人一本"大作"，多半也是等人夸一句"印得真漂亮啊"，然后也就没有下文了。这背后，出版机构有多少苦不堪言，应该是一言难尽吧。中国每一年仅出版长篇小说就达万部左右，网络文学中，十万字的作品算短篇小说，千万字一部的长篇小说也不在少数，而且不少还转印成了纸质书。我们以文学的神圣之名硬塞给读者的，果真是读者需要的吗？无人问津就说世风日下，是我们完全正确吗？

我相信，就月饼而言，一个中秋节，一个人有两三个足矣。包括一年的需求量，大多数人也不会超过十个。而且，一方水土养一种风味的月饼。我是晋北人，就喜欢散发着胡麻油香味的月饼。其他如南方的和比南方更遥远的地方的月饼，几乎没尝过。据知，各地其实都有这样的情形。名字都叫月饼，其实很多时候并不是同一种食物。就跟文学一样。严肃文学和通俗文学，纸质文学和网络文学，网络文学和手机写作，经常是泛文学概念下的名称统一体，差异远比共同性要大得多。而且总体上，明显有过剩之嫌。夯不啷当都叫作文学，实在无从评说。作家要靠作品说话，但不是靠作品的数量而更应靠作品的质量。

最后，我想谈一点作家与出版之间的关系。文学出版自然要信赖作家，同理，作家也要依靠出版社才能保持成长。双方应该保持良好的合作关系，而不要一方漫天要价，一方或刻意苛扣。现在高度市场化了，好作家、名作家的资源就那么多，版税意识、起印数一定程度上也成了敏感的话题。漫天要价，出版社不堪重负，市场效应其实远没有那么大。

然而不参与这种竞争，出版社就始终拿不出品牌，咬牙也要上。因为有了这层压力，出版机构就得想办法去做各种宣传、各种"分享"、各种活动。一部作品的影响力变成了宣传攻势的强度比拼，正常的文学批评作用很小。有人问我，一部作品出版了，请评论家写评论不比开研讨会更扎实、更专业吗？我的看法是，研讨会后，作者和作品名字可以进入新闻甚至变成新闻标题，文学批评做不到。

当然，出版机构也应充分尊重作者权益，真正以诚相待，以长期合作的态度密切往来，不计较一时之得失，方有可能孵化出想要的果实。过度的商业和利益追求限制了艺术的发展。比如一部电影，一旦决定投拍，工作还没有开展，制片方的代价就接踵而至。导演、编剧、演员的要价总和，恐怕不是一般的人可以想象到的。出书虽然不能这么比，但类似的情形也不少。

在这一点上，我们应当向五四以来的现代作家学习一点。比如鲁迅，他并非只埋头写作，不抬头问事。当年为了版税，曾经和自己一路扶持起来的出版人李小峰（北新书局老板）打了一场官司。但他维护的是基本权益，不但没有狮子大开口，而且官司之后仍然把书稿交其出版。因为他认为无论如何，李小峰是想做事的有一点"傻气"的青年。他也曾就有人要将《阿Q正传》改编成电影做过回复。意思是两点，一是认为《阿Q正传》若改编成电影，恐怕也只留下滑稽而丢了主题；二是自己对改编权的转让并不十分在意。

1930年10月13日，鲁迅致信王乔南，谈到《阿Q正传》的剧本改编问题，说：

我的作品，本没有不得改作剧本之类的高贵性质，但既承下问，就略陈意见如下：——我的意见，以为《阿Q正传》，实无改编剧本及电影的要素，因为一上演台，将只剩了滑稽，而我之作此篇，实不以滑稽或哀怜为目的，其中情景，恐中国此刻的"明星"是无法表现的。况且诚如那位影剧导演者所言，此时编制剧本，须偏重女脚，我的作品，也不足以值这些观众之一顾，还是让它"死去"罢。

11月4日又致王乔南信称：

前次因为承蒙下问，所以略陈自己的意见。此外别无要保护阿Q，或一定不许先生编制印行的意思，先生既然要做，请任便就是了。至于表演摄制权，那是西洋——尤其是美国——作家所看作宝贝的东西，我还没有欧化到这步田地。它化为《女人与面包》以后，就算与我无干了。

我以为，当代作家既要有争取权益的法律意识和专业知识，也要有虚怀若谷、淡定从容的胸襟。斤斤计较于利益，恐怕也写不出什么大作品。

归纳起来，我的不是结论的结论有两点：作家应当朝着自己理想的目标掘进，勤于创作，更要精益求精。出版人也应有文化理想和文学情怀，合力营造良好的文学氛围，共同朝着从高原向高峰迈进的目标努力。

如何设计好一本书的封面

今年春季，因为疫情的原因，在家安静的时间几何级增加，因此还实现了一个夙愿，完成了早已开头却推进很慢的写作计划：关于鲁迅《野草》的研究著作。我为这本小书起了个书名：《箭正离弦：〈野草〉全景观》。书稿交出版社后，责编审校书稿的同时也开始讨论封面及装帧设计。一月过去了，似乎还很难寻找出思路。于是希望我也能提出设想和意见。我于美术毫无素养，不过表达下主题阐释也是应有之义。几经苦思，我向责编提出如下建议：

书名《箭正离弦》，是试图对《野草》营造的环境、氛围，情感流动的起伏、张力，以及鲁迅思想的玄妙、精微所做的某种概括。"箭正离弦"是想表达一种状态，它比箭在弦上更有动感，比离弦之箭更加紧张，它已开弓，无法收回，但它的速度、方向、目标并未完全显现。《野草》里的情境，一个接一个的相遇、对峙、告别，各色人物的内心涌动，仿佛就是正在离弦的箭，令人期待，让人紧张，也有许多不解和迷惑。鲁迅的文字，《野草》的语言，那种张力有如弓、弦、箭的配合，力量、精细、速度、茫远，读之总被深深地吸引，放下又很难认定已经清晰掌握。这就是它的魅力，也是它引来无数阐释的原因。

按此理解，我很希望封面设计能体现出这层含义。有一个思路个人以为倒可以参考。中国书法的篆书里，"草"字的写法，"艹"字头本身亦如弓箭合一。设想，如果绘一个 Ψ 形，另一个以投影方式（是 Ψ 形的影子），置于并列位置。单独看指"箭正离弦"，合起来并列看又似"草"字，构图也不复杂。如能实现，则"野草"之形与《野草》之实就融合皆有了。责编也认为，这个想法有点意思，形神兼具，即转美编参考并据此设计。

其实，我也不知这是否有实现的可能以及效果究竟会如何。但连日来，"弓箭"之形萦绕不去，喝个水都有杯弓蛇影之幻觉。

《箭正离弦：〈野草〉全景观》自序

　　这本小书终于在这个最特殊的春天完成了。防疫隔离带来生活上的种种困难和不便，但也因此在行动上突然安静了下来，可以有较多的时间坐拥书房了。也是在这种特殊的日子里，终于把一年多前就开始动笔，却一直停留在开头部分的书稿写完了。在各种揪心与焦虑中，这点小小的收获对自己而言却是十分珍贵的。

　　《野草》是理解的畏途，长期以来，我并不敢去触碰这一话题。2017 年 11 月，我参加了在复旦大学举办的"纪念《野草》出版九十周年国际学术研讨会"。参加这次会议的私心，是想弥补从未参观过复旦校园的缺憾，好友郜元宝教授特意以此满足了我的愿望。然而我对《野草》素无研究，为了参会，赶写了一个发言提纲。那大意，就是希望《野草》研究能从"诗与哲学"的强调中回到本事上来，关注和研究鲁迅创作《野草》的现实背景，特别是分析和研究《野草》诸篇中留存的本事痕迹，或称现实主义成分。然而这个本来是送给真正学者们的建议，却成了我自己准备着手研究的起点。从那以后，我就开始了大量的阅读和写作准备。

　　这不是一本关于《野草》的学术著作，更主要是想通过自己的描述牵引出围绕在《野草》周围的各种故事，以引发更多读者阅读《野草》的兴趣，拓展理解《野草》的思路。如何能把故事讲得生动、饱满、复杂、清晰，在丰富的信息中提出具有学术意义的话题，这是努力的目标，但可能也是未必实现了的理想。

书名里的"《野草》全景观"，意思就是从《野草》的本事缘起，考察《野草》的成因，也从诗性和哲学以及艺术表达的角度，探讨鲁迅对本事的改造、升华和艺术创造，还试图从《野草》的发表、出版流变，观察《野草》的传播史。书名《箭正离弦》，则是试图对《野草》营造的环境、氛围，情感流动的起伏、张力，以及鲁迅思想的玄妙、精微所做的某种概括。"箭正离弦"是想表达一种状态，比箭在弦上更有动感，比离弦之箭更加紧张，它已开弓，无法收回，但它的速度、方向、目标并未完全显现。《野草》里的情境，一个接一个的相遇、对峙、告别，各色人物的内心涌动，仿佛就是正在离弦的箭，令人期待，让人紧张，也有许多不解和迷惑。鲁迅的文字，《野草》的语言，那种张力有如弓、弦、箭的配合，力量、精细、速度、茫远，读之总被深深地吸引，放下又很难认定已经清晰掌握。这就是它的魅力，也是它引来无数阐释的原因。

就我自己而言，阅读中感受到的，远远大于、多于、深于写在纸面上的，尽管我自己也知道，话已说得实在很多了。阅读《野草》和阐释《野草》之间，有时也会产生这样一种莫名的感觉：当我沉默着的时候，我觉得充实；我将开口，同时感到空虚。

不能指望这里有完成理解《野草》的现成答案，谈论《野草》的乐趣，在于每个人都会依个人的审美去感受、去理解，这也是本书想要表达的观点。感谢所有为我这一次写作提供过各种帮助的亲朋好友；感谢认识的、不认识的学者们的研究成果带给我的启发和帮助。理解《野草》仍然在路上。

是为序。

2020 年 5 月 9 日

《凭栏意》自序

　　《凭栏意》是我个人的评论随笔集，由全国政
协所属中国文史出版社 2021 年 2 月出版。有幸列入
"政协委员文库"，更感政协之亲切、关怀与鼓励。

　　文章一到要汇编的时候，才知道自己原来写得不成体系
且这么少，搜罗一番之后又感觉，居然也写了这么多。然而
仍然是不成体系，或者说不成一个完整的系列。文学评论、
读书杂谈、记人记事，长短不一的文章杂合起来，也可见出
几年来的写作和思考踪迹。把这些不同的文章结集在一起，
对自己，最大的意义是见出观察、思考、写作的线索；对读
者，但愿可以在不同的类别里找到一两篇愿意一读并且还有
点兴味的文章。收在本书中的文章，无论是评论文学作品、
谈论文艺现象、记述故人旧事，都是自己站在某处，观潮流
涌动，看此起彼伏，念故人旧地，心有所感，遂以记之。虽
不能与各类宏论作比，也不敢以美文自许，但可以说都是真
情实感的表达，真有所悟，方才议论。书名取为《凭栏意》，
既是借古人说法表达一点感念，同时也符合其中大多数文章
的写作缘由。职业生涯超过了三十年，长时间里是一种旁观

者的感觉，渐渐地也培养起一点参与的意识，虽然仍是观望的状态，但毕竟与潮流、与弄潮人愈来愈近，渐有融入之感。

本书出版之际，有许多需要感谢的人士。本书列入"政协委员文库"，这是一份特殊的荣幸，也是对自己尽好委员责任的鼓励。感谢中国文史出版社的热诚约稿，感谢责编的认真负责。

前路漫漫，愿以读书写作保持继续前行的姿态。

2020 年 8 月 9 日

《千面足球》自序

这是一本纯属趣味的小书，书中收录了我近二十年写成的足球评论文章。把它们集起来是早已有的事，但真要出书的想法却一再搁置，总以为出这样的书不会给出版家带来任何利益。

评论，我所从事的是文评，对最新出版的小说之类的作品做一点肤浅的品评还算得上正业，而其他就只能是顺手一玩了。足球，我就是一个纯粹的观赏者，是万千球迷中的一个，即使在朋友当中，比我更痴迷、更懂足球的，也大有人在。三十年的看球经历，从未有介入其中的想法，看得多了，或热血沸腾，或沮丧不平，总有一种比读文学还要热切的感觉，于是心痒手痒，就记下一些心得和感受。

热爱生活、充满活力、好奇心强的人，很容易爱上足球。绿茵草坪上列队走出一身"戎装"的两列战士，他们并肩而出，握手致意，但待哨声一响即展开拼杀，那场面还未有胜负就已经让人激动万分。这是人类出于游戏精神定制的竞技项目，却有着一种和战争一样火花四溅的激烈。看球者总会自动分出敌友、偏颇。但是一种自发的热情、心中的天平随着场面的愈演愈烈而起伏难平。球员踢球的动作，拼争的瞬间，进球后的狂奔，各自张扬的欢庆方式，都是令球迷激动难耐的场面。现场看球的气氛，电视机前的焦急等待，半夜起床的激动，都是难忘的经历。比赛后新闻发布会的言辞，大小报纸的报道，电视节目里的集锦，一样让人关切。爱足球的人因此更爱生活，比别人更多风雨同舟，更多牵挂和期待。

将看球的心情和经历写成文字是一种特别的幸福。因为足球而产生"多余"的写作热情，因为写作而使看球越来越"专业"，要特别感谢文字和足球带来的双重快乐，这种美妙的结合是如此特殊，一种秘密的快乐和格外的满足时刻涌上心头。至今，我不但记得和保持着对足球竞赛的热切期待，让心跳的感觉依然年轻，而且还清晰记得当年，为了第一时间得到一份《足球报》而一大早跑到邮局门口苦苦等待，看到自己的名字和文章刊登在上面，那种愉悦简直难以用语言来形容。那种意外的快乐是文评不曾带给自己的一种享受。

有点"一发而不可收"的意思，二十年的集攒，居然达到了十万字的规模，这就像一个贫家的孩子，从瓦罐里倒出一堆硬币，认真一数，居然抵得上一张大面额的钞票，那种"surprise"真是令人满足。2000 年，因为获得《足球报》一次征文而得到"海南五日游"的奖励，但我却出于对一张专业足球报纸的好奇和感谢，决定只去广州拜访和参观报社，这也成了一次令人愉快的特殊经历，感觉自己跟"足坛"果真有了某种联系。

在此小书出版之际，多年来的看球经历虽然清晰程度不一，但那种热烈的、热切的感觉犹然还在。感谢有那么多的朋友一起经历，感谢家人的共同陪伴，足球也因此更加精彩纷呈。我要特别感谢文友陈武以出版方的名义热情相约，尽管我一再声明这注定是一桩赔钱的买卖，但他和崔付建先生还是执意约稿，并派人将十万字的纸面文章转录为电子版本，诚意感人。

更进一步追溯，我要感谢已经仙逝的著名编辑家章仲锷先生。是他，在 1997 年赴太原约稿期间，热情鼓励我写下第一篇关于足球的文章并发表在《中国作家》杂志的"442足球刊中刊"上，从此引发了我不断写下去的兴趣。感谢好友王干和楚尘，感谢他们在南京主持的《东方文化周刊》，让我因足球而有了"专栏写作"的待遇。至今还记得，我在家中用针式打印机把一篇篇球评打印出来，跑到邮局去传真到南京，下一周即去邮局买回几乎独属于我的刊物，重读自己变成印刷品的文章。感谢《足球报》曾经的主编谢奕先生和他的同人们，从一大堆自然来稿中一次次挑拣出我的文章予以发表，并且有幸在获得任何文学奖之前，两次获得《足球报》的征文奖。

做一个球迷是幸福的，每四年可以等来一次世界杯，中间还有欧锦赛，还有亚洲杯，每一年还有各种联赛，从意甲到德甲，从英超到西甲，从当年的甲A到现在的中超，即使乙级联赛、校园足球，都有体育竞技带来的欢乐。一代代球星，从苏格拉底、法尔考到马拉多纳、卡尼吉亚，从巴蒂斯图塔、巴乔到C罗、J罗；一代代名帅，从里皮到勒夫，从穆里尼奥到瓜迪奥拉；一代代名哨，从光头克里纳到霍华德·韦伯，他们的精彩，他们的失误，他们的张狂，他们的眼泪，都是一幕幕感人的场景，都是一时间的争议和长久的趣谈。

此书出版时，新年已过，世事纷繁，但足球仍然是一小片自由的、欢乐的、愉悦的天地，永远会带给我们无穷的快乐。感谢世间有如此伟大的运动，让我们可以目睹人类集勇敢、强悍、智慧，集个人天赋和集体精神，融场上争斗与场下友情，融民族国家荣誉与足球艺术纯粹，融绿茵视野与看台缤纷为一体的动人时刻。伟大的、无穷尽的一个个九十分钟，盛满了人类共同的快乐和幸福。

谨以此书纪念年轻的岁月和生命的热情，并时时以此激励自己保持向上的生命状态。

从鲁迅谈讲演魅力

鲁迅是演说家，他有证可考的讲演达六十六次之多。鲁迅本人并不喜欢到处讲演，"人家在开会，我决不自己去演说"，"我曾经能讲书，却不善于讲演"（《海上通讯》）。他的讲演大多是因为无法拒绝邀请者的"坚邀"而不得已为之。

鲁迅讲话带着浓重的绍兴口音，语调也不高亢，他的话并不能为所有的听者全部听懂。然而无论在北京、厦门，还是广州、上海，凡鲁迅讲演的时候，听者的热情都格外高涨，目睹鲁迅风采是很多人前往聆听的主要原因。1929 年 5 月，鲁迅自上海回到北京探亲，其间他曾应邀到北大等大学讲演。据当时报载，在北大讲演时，"距讲演尚差一小时，北大第二院大礼堂已人满为患"，主办方只能改至第三院大礼堂，听者于是蜂拥而至，最终"已积至一千余人"。1932 年 11 月，鲁迅再次回到北京，在北师大讲演时，由于听众太多，不得不改到露天操场进行，听众达到两千余人，场面十分壮观。

鲁迅的讲演常常是到了现场才道出主题，他的讲演在并不展现"技巧"、显示"口才"的情形下，却令那么多的热血青年为之激动，靠的是什么呢？我们自然可以总结出很多：深刻的思想，讲真话的要求，直面现实的胆魄，等等。这些都毫无疑问是构成鲁迅讲演魅力的根本原因。但就站在"学者、作家及其讲演"这个话题上讲，我以为鲁迅讲演还有另一个非常重要的启示，就是讲演的真正魅力不在于现场的绘声绘色的表演，不在于滔滔不绝的"妙语连珠"，而在于讲演者在讲演背后作为作家的创作和作为学者的研究是否真正可以为其"立言"。讲演在很大程度上其实是"靠文章说话"。

我们说鲁迅是演说家，但上述那种讲演盛况对他而言并不是从来就有。1912 年 5 月，鲁迅进京在教育部社会教育司任职，刚刚履职的第二个月，教育部为普及社会教育而举办"夏期讲演会"，邀请中外学者就政治、哲学、佛教、经济、文化等做讲演，鲁迅被聘讲演《美术略论》。根据鲁迅日记记述，他总共去了五回，讲了四次，讲演的情形却并不令人乐观。如：6 月 21 日第一讲，"听者约三十人，中途退去者五六人"。第三次，即 7 月 5 日，鲁迅冒着大雨"赴讲演会"，"讲员均乞假，听者亦无一人，遂返"。五次赶场，听者总人次居然不过百，情形之冷淡可想而知。原因自然很多，但有一点恐怕是必然的，那时的鲁迅还只是初来乍到的"公务员"，以学者的身份前去讲演，号召力显然不足。

到二三十年代，已经名满天下的鲁迅再去讲演，盛况之壮观每每令人惊讶。在所有的原因当中，我最想说的，是鲁迅靠的是文章立言，没有他在小说、散文、杂文方面的创作，没有他在小说史上的研究，没有他在文学翻译方面的成果，讲演又何能谈得到令人期待？

今天的很多演说家，越来越走"专业讲演"的路径，学问没有根本，研究难得钻研，创作上未必有什么成就，却忙着上电视、进礼堂，侃侃而谈，不亦乐乎。最终让人看破真相甚至令人厌倦，实在不是什么奇怪的事。夸张的姿态，油滑的腔调，故作的高深，随意的解说，这一切的背后，都是在回避一个作家、学者立身的根本，遮蔽学术讲演立言的根基。

讲演的号召力不是或未必是言说本身，讲演的魅力来自更为深沉的、丰富的底蕴。林曦先生曾这样描述他听鲁迅讲演时的感受，我以为他的描述特别能表达我自感难以言尽的观点："鲁迅先生的讲演态度中，是决找不到一点手比脚画的煽动和激昂的。他的低弱的绍兴口音，平静而清明，不急促，不故作高昂，却夹带着幽默，充盈着力量，像冬天的不紧不慢的哨子风，刮得那么透彻，挑动了每根心弦上的爱憎，使蛰伏的虫豸们更觉无地自容。"（林曦《鲁迅在群众中》）

讲演者的信心来自讲坛之外的地方。

识箴言更须读全集

多年来，我收集有关"鲁迅语录"的书籍。这类书又以"文革"时期印制的最多。说是印制而非出版，是因为其中大部分书并无正式出版单位，多是当时的大中学校学生小组、工厂里以车间为基础的工人小组甚至红卫兵组织以自己的名义编辑印制的，发行范围已不可考，但"语录体"的状况却是差不多的。

翻阅这些书的过程中产生了诸多自己无法解释的问题：为什么中国作家里只有鲁迅可以"语录"？为什么鲁迅语录可以按照任何时代的政治要求、文化氛围来编辑？更深入的问题是：为什么同样一句鲁迅的话，或一个文章片段，可以在不同的条目下放置，从而看上去并不完全"牵强附会"？这绝不纯粹是一个文学问题，甚至也不是一个政治问题，在极致层面上，这是一个语言学问题。这是不是意味着，鲁迅的话语具有"超级不稳定"结构，或极具模糊性、流动性的特点？

我想就这一点而言，中国现代文学史上恐怕找不出第二个作家来了。现代以来，中国文学的表达方式大多直指主题，具有极高的确定性，一句评论时事的话，一种评论社会现象的表达，如果那时事已经消失，那现象也成为旧事逸闻不复存在，与之相关的文字也就失去了效用，扩散的幅度随之增减。鲁迅却是个例外。

但这绝不是一个人可以一时就能解决的学术问题，我只是想到了这个问题，却深知自己无力面对。最后，这些想法就逐渐简化成为编一本自己挑选、自己分类的"鲁迅语录"。因为即使加上"文革"后编辑出版的同类书籍，我以为我们面对鲁迅名言时往往有一种选择上的趋同，这就是，我们仍然按照鲁迅评论社会、历史的态度寻找其中的"硬性"话语，而忽略了他同时是一位文学家。他的许多论断是针对文艺问题的，他还有很多关于生活、关于个人、关于人生的议论不但有妙趣，而且惹人思。他的言论应该在更大范围、更全面的领域里被人认识。

范围还不是最重要的，理解鲁迅一段话真实、完整的意思，必须要阅读他的全文，而理解他某一篇文章的意旨，又应当对他整个的思想有所认识。但同时，鲁迅文章的复杂性是分层面的，即使你不能理解他的深刻用意，却并不妨碍你欣赏他的美文。你摘出来的鲁迅名言也许有——通常一定有——比文字层面更深刻更复杂的内涵，但即使就按照你所理解的那样去引用，大多数时候又仍然是有效的。这真是个奇妙的现象。

我们对鲁迅的误读，常常是发生在两点上：认为鲁迅的"曲笔"是难懂的；认为鲁迅的批判就是刻毒的骂人和一个都不宽恕的回骂。然而事实并非如此。于是我觉得有必要按照自己的理解来编一本鲁迅语录。

由于鲁迅是专注于解剖中国国民性的，所以在他笔下，不管是小说里的灰色人物，杂文里的学者名流，其实都不只是他个人和他那一阶级的代表，他们都具有"国民性"的通病和共同特征。这就在很大程度上扩大了他文章的意旨。他讨论任何问题，哪怕是一封给朋友的书信里探讨一本书的编辑问题，也常常会发出题旨以外的感慨，所以收集鲁迅名言不能只到他的名篇里去找，而要寻找"日记"之外的所有文字。这就是一个伟大作家的力量，这就是鲁迅文字的魔力。

我自己做了一个小小的试验，将自己认为属于"鲁迅名言"的文字画出来，将画线部分全部摘录完毕后，再回过头来挑读他的文章，发现那些未曾画线的部分里仍然有大量精彩的论断。所以，任何"鲁迅箴言"的选编都是不可能周全的，它们绝不能说代表了鲁迅言论的精彩，更不能说集中了鲁迅思想的精华。理解鲁迅，唯一的办法是阅读《鲁迅全集》，而且是一遍又一遍地进行阅读。从中理解和了解到他的伟大，激发起对中国、中国文化、中国文学的探索热情，引发出更多关于人生世事的思索和理解。

以上是三年前出版的、由我编选的《鲁迅箴言新编》的序言（摘要），本书由三联书店之生活书店出版。

感悟随记

意象即诗艺

朦胧诗里的代表诗作，在艺术上通常都有特殊的打动人心之处，在所有的艺术技法中，我认为，意象的运用是最集中的体现。比如，梁小斌的《中国，我的钥匙丢了》，在意象的运用上就让人印象深刻。一个普通的中国人，一个会思考的中国人，他对这个国家的倾诉，被比喻为一把钥匙，一把打开心灵和理想途径的钥匙。全篇没有任何空洞的说教和通用的说辞，而是对一个意象的反复的描写。

在意象的使用上，达到炉火纯青地步的，是舒婷。《祖国啊，我亲爱的祖国》一口气使用了将近二十个意象，破旧的老水车、熏黑的矿灯、干瘪的稻穗、失修的路基、飞天袖间的花朵、古莲的胚芽、新刷出的雪白的起跑线……

这首诗里的意象很多，但有一个特点，它们在诗中的地位和作用都是平等的、共同的。

有时，诗人会让一个意象突出，其他的则都属于陪衬，如《致橡树》就使用了这样的方法。攀缘的凌霄花、痴情的鸟儿、清泉、险峰，这些意象都是为了烘托出一个中心意象：站立在橡树身旁的木棉。

而且我们可以看到，无论是祖国还是橡树，在诗人笔下都是倾诉的对象。所有的意象，并不是用一物来比喻另一物。而是用一种意象表达诗人与对象之间的深切的、不可剥离而又复杂的关系。深沉的情感状态让诗从小我升华为大我，个人情感的表达上升为某种"共同体意识"，是一个特定时代里的抒情，代表了一代人的情感抒发。

现代诗其实也是非常讲究诗眼的，这一点和古典诗并无差别。比如舒婷的《神女峰》，一连串的场景描写，到最后推出了全诗的诗眼："与其在悬崖上展览千年，不如在爱人的肩头痛哭一晚。"神女峰这个自然景观的意象，升华为人生意义与价值的追问与思考。

关于意象的使用，仅仅是新诗艺术里的一种，可以探讨的空间还很大。

耐心即信任

太久远的历史人物及其故事，有时候就会演变成传奇，转化为寓言。人们未必追究其中的真实，而只看重借此提升对历史人物的特殊性的认知，抑或感悟其中的道理。

比如孔子，从其出生的传奇故事，无论是"麒麟送子"，还是"凤生虎养鹰打扇"，其实不过反映了民间一种普遍心态：孔夫子从降生起就非同凡响。神话般的人物，神化了的身世，表达的是一种尊崇。

所以，当我从一位欧洲思想家（不记得名字了）的著作里读到下面这则故事的时候，我并不想追问它是不是庄子的故事，而只觉得这个故事表达的人生道理还不错，甚至还反映了某种艺术创作的规律。庄子，不过是被借来的符号罢了。这个故事是这样讲的：

庄子擅画。一日，国王请他画一只螃蟹。庄子提出，此事需要五年时间、一栋房屋、十二个侍从。国王欣然应允（他能做到）。五年后，国王索画，庄子提出，兹事体大，还需要五年。国王又允（不以为对方耍无赖）。第二个五年后的最后一天，庄子提笔，一挥而就，画出一只完美的螃蟹。

庄子和国王都很了不起。这个故事说明：信任多么需要耐心的考验。这个故事顺带也说明：艺术创作急不得，好作品既可以是千锤百炼磨出来的，也可能是烂熟于心之后倾泻而出的。你看见的是一挥而就，看不见的是十年孕育。十年磨一剑，有时在笔下，也有时是挥之不去的内心折磨。

印度是"破烂英语"的天堂

印度是个让人一言难尽的国家。世俗生活上似乎可以一览无余地观察到全部，不用华丽遮掩贫穷，不会在"老外"出没的地方驱赶乞丐；精神文化上又给人深不可测的神秘感，仿佛人人都过着一种有精神的生活。奈保尔说："印度是不能被评判的。印度只能以印度的方式去体验。"（《印度：受伤的文明》）凡有人问起我对印度的印象，我通常都会回答道："真的说不清，你自己有机会去看看吧，值得一去。"不过有一个观点我倒是一直想说出来，在我看来，印度是最让人敢用英语张口说话的国度，实在可以说是讲"破烂英语"者的天堂。

"破烂英语"（broken English）其实并非贬义词，如果你对作为语言的英语没有"至尊"之感，更会同意这一观点。"broken English"也可翻译为"蹩脚英语"，用来指那些发音不准、用词不当、语法错误却努力用英语交流的说话方式。它不同于旧上海的"洋泾浜"，后者是在本地话中夹杂着英语词汇，"破烂英语"则是指试图追求标准却又说不好的英语讲话。

英语是印度的官方语言，这是它长期被殖民的结果。印度人讲英语很难懂，浓重的口音加上变了音的吐字法，初听甚至不觉得是英语。但实际接触就会发现，印度人的英语其实讲得很正，他们的选词用句给人感觉很准确、很书面，听来的确是"英语国家"才会有的水准。但印度人对英语就像他们对很多事物一样，态度很平常，或者说很平民。他们只是用英语来交流而没有一点"卖弄""炫技"的意思。我算是个略懂一点英语的人，当年考托福的时候，反复听录音带里的美国英语，觉得那发音抑扬顿挫，有摄人心魄之感，但同时又觉得有一种"受压迫"的感觉，在这样的发音面前，任何一个把英语"作为外国语"的人，说得再好也只能是在"破烂英语"范围里挣扎，越听越觉得灰心。可是到了印度，你会很有讲英语的信心，随着信心的增长，讲英语的兴趣也渐浓，那些淡忘的单词一个个被"激活"，关键在你不担心语法错误、发音不准时，说话的完整性和流利程度就会意外提高，态度热情、目光单纯、语气平和的印度人也总让人产生交流的愿望。我设身处地的想法就是，来印度学英语真是个不错的选择。

经常会看到这种现象，我们讲的英语很"烂"时，会引来听者奇怪的表情反应。讲英语闹笑话似乎意味着"水平不够"，但外国人讲汉语总体水平更差，他们却可以把自己的"破烂汉语"搬到屏幕里去，那些"破烂"的可笑处产生的是好玩、有趣的反应，却与"水平""素质"关涉不大。这其实还是语言的高下观在作祟，英语的全球化，包括在信息时代的通用程度，使其"霸权"地位很难被撼动。

苏珊·桑塔格认为，英语真正成为国际"通用语"，是从它成为国际航空统一使用的语言开始的，即使是在意大利国内航线上，"工作语言"也必须是英语。所以，从英国英语到美国英语，人们追求"标准化"的要求越来越高，而在印度，至少我个人认为，只要能凑合听懂，讲英语就无所谓"破烂"不"破烂"。

记得报上曾经有过这样一条消息，说在与印度相邻的巴基斯坦，民间正在发起一场刻意"看低"英语的运动，其宗旨就是鼓励人们用最简单的英语进行交流，能用单词的不讲短语，能用短语表达的不使用句子，语法越简单越好，目的就是要打破英语的权威感和神圣性。有点像我们通常说的"饿不死英语"（"Survival English"）。我觉得这真是个高招，因为它的策略不是抵制而是随意使用，这种态度正好与我对"印度英语口语"的印象相吻合。扩而言之，印巴次大陆，实在是讲"破烂英语"者的天堂。

语丝三则

1 门 第

某日参加一文化活动，数位学人向其中一位致敬，因为这位的父亲是现代文化名人。大家齐赞其书香门第，名人之后，藏书必多，家学渊源，浸泡阅读，耳濡目染。我想起鲁迅说的：因为文字的难，学校的少，我们的作家里面，恐怕未必有村姑变成的才女，牧童化出的文豪。可是他又告诫自己的孩子，倘无才能，莫做空头文学家或美术家。

但鲁迅也有不知。比如今日文坛名流，其实多半是村姑牧童的后代，或本身曾经就是。所以大家才会纷纷对家学名门啧啧赞叹。

2 创 意

十多年前，我曾有过一个想法，既然文学期刊既重复又难以生存，何不在特色上寻找和形成关注点。如，办一份叫《退稿》的杂志，专门发表各类作家被其他刊物"退货"的作品。说不定会为文学史留下差一点漏掉的精品。当然，电子网络时代，这一创意实现的难处是，如何确定一部作品是有退稿经历的？今天，编辑不用写退稿函了。网络让退稿成为历史。

3 概　念

以下是我读文学论文遇到的出现频率最高的词汇例举：场域、视域、视阈、嬗变、新变、厘清、个案、身体、颠覆、断裂、建构、旨向、危机、镜像、文化语境、现代媒介、形式策略、地域符码、身份认同、消费主义……

报摊儿或成非遗

　　傍晚，在街上行走，看到街边一家报刊亭，生意似乎和天气一样冷清，顿生感慨。

　　城市的景观千姿百态，高楼大厦到处林立。而我们总记得有一道风景，那就是报刊亭，俗称报摊儿。

　　在城市的十字路口，某一个街角，你会看到熟悉的景观，那里有每天新出来的报纸，也有最新的杂志。那些报纸里有当天的晚报，它们有时候上午就已经送达，让人觉得，信息好快呀。当然还有一大早就到位的城市早报。各种各样的刊物，有文艺的，也有时尚的，还有通俗的，琳琅满目，花花绿绿，非常可观。

　　如果你准备去搭乘公交、地铁，如果你在陌生的城市已经走得很累，买一份当天的报纸，或当下打开，或找到座位后翻阅，时间就如此伴随着你的疲惫有趣地度过。

　　如果你是一个体育迷，报摊儿更是不可或缺，因为你在周六和周日观看了一场德甲、一场意甲，就一定会迫不及待地在周一早上去买当天出版的《足球》报，这份广州出版的报纸，在全国多地同时印行，速度真快！它每周出版两期，还有一期在周四，那一天全世界都没有足球比赛，但是有一张《足球》报可以期待。在所有的报摊儿中，它都会摆放到最显著的位置。另外一份和它一样处于抢眼位置的，是长沙出版的《体坛周报》，每周三上市。去得晚就抢不到了。读这两份报纸，你会对上一个周末所有的精彩比赛有充分的信息补充，同时，挑逗你对下一周将要展开的厮杀充满期待。

即使你已经自己订阅了《读书》《收获》《人民文学》这样的杂志，但是，你总会在报摊儿上更早地看到它们，有时会强迫自己再掏钱买一份，以便尽快阅读。

然而，这是二十年前的城市景观和我们的文化生活了。今天，报摊儿已经少得可怜，而且往往是一半在卖报刊，一半在卖零食、饮料。我们早就实现了人人一部手机，确实也无须从报纸上获得任何急需要得到的信息了。

报摊儿很尴尬，它既不属于传统文化，也不属于现代文化。作为建筑，它并不能为城市添彩，作为信息库，它的"存量"远远比不上一部手机。它在今天还稀稀拉拉地存在着，这是纸媒作为"传统媒体"与网络新媒体并存的一点"余存"的印迹，城市街边的"读报栏"早就消失了。纸媒现在已经不能再用"抗争"这样的词了，必须选择融合。读报纸比起读网络信息，最突出的效果，就是还可以看看文章的版次、版位，以及毕竟还有留存的"档案"价值。

即使我们今天仍然可以在城市的街头看到报摊儿，但是我们已经感觉到，它差不多已进入怀念的序列了。不知道若干年后，我们还会不会说，报摊儿，正式点说报刊亭，是一种非遗。

真切即真实

萧红，中国现代文学史上人生最丰富、作品最值得评说的女作家之一。天生丽质，天赋文才，红颜薄命，感情曲折，颠沛流离。成名前的身世有很多谜团，文名鹊起后往来皆鸿儒。鲁迅者对她关爱有加。她天生文才，但写作从不离时代苦难和故乡人民，令其至今为故乡人骄傲。

萧红的文学语言极其独特，那种情感表达之真切，使她即使描写想象，也如亲历般真实。如《萧红书简》里写鲁迅逝世，1936 年 10 月鲁迅逝世时，萧红人在日本。听到消息，她对萧军写道：

> 昨夜，我是不能不哭了，我看到一张中国报上清清楚楚登着他的照片，而且是那么痛苦的一刻，可惜我的哭声不能和你们的哭声混在一道。
>
> 现在他已经是离开我们五天了，不知现在他睡到哪里去了？

对此萧军后来写道："她信中问道：'不知现在他睡到哪里去了？'这时鲁迅先生已经落葬了。这句天真的、孩子气式的问话，不知道它是多么使人伤痛啊！这犹如一个天真无知的孩子死了妈妈，她还以为妈妈会再回来呢!"

读萧红著名的长文《回忆鲁迅先生》，可以看到同样的表述。在描述鲁迅先生去世的情景中，并不在场的萧红却这样写道：

> 一九三六年十月十七日，鲁迅先生病又发了，又是气喘。
>
> 十七日，一夜未眠。
>
> 十八日，终日喘着。
>
> 十九日，夜的下半夜，人衰弱到极点了。天将发白时，鲁迅先生就像他平日一样，工作完了，他休息了。

"他休息了"，这样一句平淡的讲述，却是一次沉重的记录，同书信中"不知现在他睡到哪里去了"的"明知故问"异曲同工。

这样一种优雅、真切、敏感、单纯又富有诗意的文学语言，随着一个年轻生命的逝去和一个时代的结束，无法传承地消散了。萧红的文字，将诗意流溢在叙事中，感情潜藏在白描的底部。叙事也并非都是亲见，想象的笔法里有比目睹、亲历更加纯粹的真切。让人爱读、耐读。

美声与噪声

声音是一种霸权，观察周围，喜欢哼歌的人比喜欢看连环画的人要多很多，原因不在于人们更爱音乐，而在于，音乐随时随地都会不以你的意志为转移而"侵入"耳朵，美术作品却需要观者更多的"自觉"要求。

可我们对声音的判断，说它是美妙的声音还是扰人的噪声，其实是有条件的，这条件随着个人需要会相互转移。比如爆竹，春节里听是一种"美声"，它引发你对节日气氛的无限想象（禁竹令城市除外），即使周围被这种剧烈的轰鸣淹没，人们似乎仍然可以在"爆炸声"中入眠。然而如果是在平日里响起，那就成了某些人的扰民行为，要遭谴责。

人们通常会把自己失眠的原因归结为某种声音的骚扰，比如隔壁打牌的声音，楼上练习钢琴的声音，街上的叫卖声、汽车喇叭声、老年人扭秧歌的音乐，等等。钢琴、音乐都是美声，但如果这些声音总在我们需要安静的时候响起，它就变成了某种噪声，让人产生受折磨的感觉。

现代人的脆弱越来越严重。和这种脆弱性相伴随的，是越来越多的人必须过"有规律"的生活。"日出而作，日落而息"已经成了懒惰、无作为的代名词。我们需要按时睡觉，更需要准时起床，却不管太阳的起落变化。我住在楼房里，不知从何时起，我的窗外栖息了一窝小鸟，也许是在空调机的后面，也许是在阳台的某个角落，总之，它们肯定和我一样是这里的"常住人口"。鸟类的生活是遵从自然规律的，它们没有时间概念，也就没有闹钟。冬天的早晨，它们和我的"起床"钟点相近，早晨七点，准时开始叽叽喳喳地"聊天"，那时，我和我的家人都会觉得，窗外有几只鸟在鸣叫感觉很美，我们甚至可以通过鸟叫的"欢快度"而判断天气的阴晴冷暖。然而，随着冬天的过去，太阳升起的时间越来越早，鸟叫的声音也渐渐来得早了。对于我们这些仍然需要七点钟起床的"人类"来说，鸟类的晨曲也渐渐变成了烦人的噪声，它们总是不管不顾地在凌晨时分"开聊"，让我们平添烦恼。其实，鸟类是依自然行事，它们不切割时间，只要太阳光露出，就开始一天的欢唱与吵嚷。是人类被秩序化了。近日，窗外的鸟不再鸣叫，它们不知飞到何处了，我猜想，一定还有比我还脆弱的居民，将它们驱赶走了。

人喜欢听什么声音，能接受什么声音，这是复杂问题。我幼时在乡下的姥姥家长大，深夜里常听到村子里的狗狂叫，村东头的某只狗不知何因狂吠，就会蔓延到村西头，引发全村的狗呼应，这种"合唱"并没有人去认真理会，男女老少相安无事。而凌晨时分，公鸡又会集体打鸣，因为太阳又要出来了。这些自然的声音，既不是美声，也不是噪声，谈不上喜欢，也少有人讨厌，它们就是一种存在，人们都能接受。

鲁迅在《秋夜纪游》里写道："我在农村长大，爱听狗子叫，深夜远吠，闻之神怡，古人之所谓'犬声如豹'者就是。倘或偶经生疏的村外，一声狂噪，巨獒跃出，也给人一种紧张，如临战斗，非常有趣的。"但并不是所有的犬吠声都让鲁迅喜欢听，上海租界的犬吠声就令他不能接受："但可惜在这里听到的是吧儿狗。它躲躲闪闪，叫得很脆：汪汪！"鲁迅直言道："我不爱听这一种叫。"今天的大小城市里，这类"叭儿狗"更是多见，但它们甚至连鲁迅所"不爱听"的"汪汪"声也少有了，一个个默默地、满足地跟在主人后面，即使它们不在眼前，但不知何时在主人授意下留下那么多的排泄物，仍然让人生厌。鲁迅笔下，那些"叭儿狗"是被他手中的石头击中鼻梁后吓跑的，而今天的宠物因何集体沉默，倒是很耐人寻味。

我们生活在一个声音更加嘈杂的世界里，"静谧""万籁寂静"的美感，更多时候是需要驱车到很远的地方才有可能享受到的，可有时候，即使到了天下最为幽静的青城山，体验到的仍然是人群的哄闹声。剩下的问题就只有一个：如何在这些声音里区分美声和噪声，如何充分地享受，又如何有效地抵制。

小 感 触

1

电视和网络对文学的冲击，就像当初西医对中医的冲击。人们或从道义上保卫传统，如在西医强势下强调中医为祖国医学；或善意地寻找互补的可能，如"中西医结合"的提倡；或在有意与无奈间划分功能，如中医在养生保健以及皮肤病、疑难杂症的治疗上寻找到新的发展空间。当今关于文学的很多言论可与此类比。

2

朋友问我究竟怎么看网络文学。略加思索后我回答：当我被真正的文学经典折服时，我觉得网络文学什么都不是；当我面对满眼充斥的所谓"纯文学"作品，并为它们的毫无创意和才情感到悲哀时，又会十分欣赏网络文学的新鲜活力和不可抑止的才华。的确，经典并非一定由"聪明人"创作，笨人肯定做不了网络文学。

3

我们的文学正处在纯文学与类型文学混杂、暧昧的"转型期",经常会读到这样的小说,它既可以作为纯文学"正说",也可以用作类型文学的"旁证"。在这样的小说里,作家的纯文学立场没变,但小说中却明明白白地借用了类型文学的元素,而且是其重要的看点。我们读到很多处于这种"中间状态"的小说。

4

人迹罕至的地方很容易成为文学艺术家们热衷表现的对象。香格里拉、墨脱、可可西里,是中国的"精神"领地。但它们也各有"分工",精神指向是不尽相同的。香格里拉是自然与人融合、人们可以寻找奇遇的地方,墨脱是人寻找心灵抚慰的神秘之所,可可西里则意味着恶劣的自然条件与珍稀宝物相混合的争斗之地。

5

如何做好一个批评家应该做的事情,这是需要讨论的。批评家和作家过度友好,的确不利于在作品评论上畅言得失。友情束缚了批评家的手脚。因此,我做编辑时就曾设想过,应该在报纸上开设一个栏目:"陌生人评论。"编辑不负责核实,全靠评论家自己"声称",他与作家素无交往,因阅读而产生评论的兴趣与冲动。

6

复杂性的丧失。常因工作原因集中读一些文学新书，突出感受到一个共同点：缺乏优秀文学作品应有的复杂性。小说多有主题先行、好恶立判的倾向，散文也多是一种理念、一种观点、一种情绪的推衍，诗歌也少有多重意象。甚至连一些学术著作，也一样是一个固定的观点不断言说，难免重复。文学，特别是在当代文化、传媒背景下的文学，应以故事的复杂性、观念的复杂性、价值观的复杂性、感情的复杂性成为其深度和独特性的"立身之本"。文学批评一样如此，简单的价值评判不能为激活作品的魅力提供有效帮助，反而束缚了作品的"手脚"。

7

批评家们像赤脚医生一样跑来跑去，到处指指点点，外科内科妇科儿科好像都擅长。然而我们真的对作家的写作能有所帮助吗？作家们缺的不是写作的能力，而是用必要的荣誉来促使他们继续前行。批评家的"望闻问切"未必管用，但被评者毕竟可以像缺医少药的患者一样，安慰自己：郎中来过了，情况一定会好一些！

8

想法大于思路，思路多于笔端。一个写作者的抱负就这样逐渐丧失。人们越来越愿意在文章之外自我说明一下他其实想说的是什么，冲动何来。这就潜在地说明，其作品并未能如其初衷。近期读到好几部小说，发现作者简短的"后记"，无论文字还是想法，似乎都优于其厚重的作品正文。

9

恩格斯告诫作家，创作要"莎士比亚化"地反映人类及社会的复杂情形，而不要"席勒式"地做时代精神的简单传声筒。但这是对伟大作家的特定比较。它并不意味着席勒非文学。不说别的，席勒为贝多芬《第九交响曲》提供了诗篇《欢乐颂》（是后者主动采纳引入），仅此就足以使席勒在文学艺术史上英名永驻。

10

有文学史家认为，中国新文学起点应从 1917 年提前到 1914 年甚至 1911 年。差距不过五六年时间，学界颇多争议。有唐史学家认为，某一事件发生在晚唐，也可能是中唐，相差不过一百年。争议不大。有考古学家认为，某考古发现应出现在新石器时代，也有旧石器时代痕迹，所以此考古对象距今约五万年，也可能是十万年。没有争议。

11

小说的细节，包括服装、称谓、招牌等小细节是否符合生活真实，影响着小说的真实性和主题力量？比如"公社"改名"乡镇"了，如果还用"公社"之名说今天农村，则大谬。但是，当历史相隔长久后，读者观众就不那么紧盯细节了。从战国到清朝都叫古装，谁还管汉服、唐装区别何在。更重要的，如果作品有足够的思想力量，情节故事足够吸引人，生活细节的真实度就会被不自觉忽略。

12

今天的文学界有一种风尚，喜欢怀念 80 年代并鄙薄今天。其实经历过上世纪 80 年代的文学人都应该记得，那时我们都用外国文学鄙薄自己。外国文学是 80 年代文学的阴影，80 年代是今日文学的阴影。也许三十年后，人们又会怀念今天：那时多好啊，先锋作家、网络作家、专业作家、自由撰稿人竞相迸发，文学期刊遍布天下。

13

文学家的坚守有时候恰恰体现在貌似保守上面。在现代化进程中，也许你是一个为从前的生活秩序唱挽歌的人。一个秀美的小城从前被比喻为古典美女，今天已蜕变成一个时尚富婆，你该为之歌赞还是为之惋惜？如何在描绘时代巨变时不忘人文关怀，在眷恋传统文明时不失宏阔视野，这可能是当代作家面临的重要课题。

14

我的大视野老观点粗印象：网络上的那些小说，作为概念，合起来谈，是一种汹涌的力量，单挑阅读，碰到的大都是不讲究笔法的故事。杂志里的小说，单独看，都有别致和独特之处，合起来看，自我重复、相互近似之处多多。

15

文学经典有如美食图谱或宴席，每天面对的新出版新发表作品有如柴米油盐。前者即使朴素也已成奢华，后者即使精雕也得经历漫长的认知期。我们珍藏或偶享前者，必须面对并热爱柴米，视其为根基。因此不再抱怨：因为读眼前新作而耽误了回到经典。

16

世界是由一个网络构成的。我要找卡尔维诺的《为什么读经典》，其实不过是要找那么几句话，网上早有人摘出来了，完全可以放心引用，但我仍然想找到原著才觉得踏实。这就像对待一个人，真正的了解必然会参照对方的血亲关系和交际网络。世界是由一个网络构成的，读懂一句话，就要照顾上下文。

17

"幸福的家庭总是相似的，不幸的家庭各有各的不幸。"这句话如果从安娜、卡列宁、沃伦斯基中的任何一人口中说出，都会变成一种偏见与不真实，这句话甚至不是托尔斯泰说的，是《安娜·卡列尼娜》书中固有的。所以它才如此有力量，才如此接近真理。

——这不是我的观点，是美国作家、批评家苏珊·桑塔格的。这是道破天机的文学批评。

18

"肉中刺"，是存在主义哲学核心的最简洁比喻。来自作家陀思妥耶夫斯基。在我的理解中，它具有如下含义：痛苦存在于人们肉眼看不到的地方，它是揪心之痛，同时也是肉体之痛。

是的，肉体之痛是存在主义之外的西方哲学并未顾及的地方。存在主义因此切中世界的要害。

19

"我不能选择那最好的。是那最好的选择我。"这是我最喜欢的泰戈尔名言，可我觉得，这话虽然精辟却缺乏"可操作性"。相对而言，他的另一句话更具指导性："如果你因失去了太阳而流泪，那么你也将失去群星了。"

20

克尔凯郭尔寓言。"一场大火在剧院后台突发。一个小丑跑出来通知公众。众人认为那只是一个笑话并鼓掌喝彩。小丑重复了警报，他们却喧哗得更加热闹。因此我认定，世界的末日将在所有聪明人的一致欢呼中到来。"

我想起中国故事《狼来了》。

讲真话固然重要，相信真话同样重要。人们认定小丑没有话语权。

21

在我心目中，存在主义居于哲学与文学的中间地带。我佩服克尔凯郭尔的文采胜过佩服大多数作家。存在主义哲学是哲学家以个人体验思考孤独的个体生命与世界关系的哲学。"孤零零地立于世界之中"是存在主义最具标识性的意象。陀思妥耶夫斯基、卡夫卡、萨特、加缪、果戈理，都被视为存在主义哲学家。

22

我崇尚这样一类作家：为了传达思辨的力量，他们忘记了艺术，他们甚至是自觉地不顾及艺术而表达思想。结果，思想的火花照亮了艺术，使其不可模仿。有两个人最典型：鲁迅和米兰·昆德拉。他们的区别在于：鲁迅执着于他身处的现实，昆德拉则努力超越"东欧"。鲁迅更接近存在主义，昆德拉靠近分析哲学。

23

苏珊·桑塔格说："日本传统上对美的颂扬，例如年度观赏樱花盛开的仪式，是深含哀伤的；最激动人心的美是最短暂的。"这也就是我们读川端康成及日本"私小说"、看日本电影时容易被感染的原因。中国传统审美观对美的不确定性和短暂性持怀疑态度。成语"昙花一现"通常被用来暗指对风光一时的不以为然。

24

1933 年，萧伯纳在上海接受中国戏剧脸谱礼物，感慨道，你们的戏剧里通过脸谱就能识别人之好坏，不像我们现实中的人，长得相像，却判断不了内心的差异。但他也当着梅兰芳的面质疑，你们唱戏为何要以锣鼓做伴，难道观众故意要喧闹？梅答曰，我们的戏也有静的，如昆曲。萧不知，善恶已辨，才好放心喧闹。

25

知识即写作的力量。苏珊·桑塔格说："写作即是知道一些事情。而阅读一位知道很多事情的作家，是何等的乐事。"反过来说，今天的人们对文学的漠视，在一定程度上也是因为，作家已经不被人认为是知道事情最多的那个人群了。在"简化现实"的氛围中，文学正在向很多领域的"知道分子"示弱。

26

有分享才有担当。《伊索寓言》：甲和乙在路上行走。甲捡到一把斧头，乙兴奋地说："不错，咱们捡到一把斧头。"甲反驳道："不是咱们，是我捡到的。"不一会儿，丢斧子的人怒气冲冲追来。两人慌张奔走，眼看被追上，甲叹道："完了，咱们要被追上了。"乙立刻反驳："不是咱们，是你

感悟随记

285

要被追上。"

27

《苏珊·桑塔格传》记述，苏珊·桑塔格的父亲原来是在中国做生意并客死在天津的。她的母亲并无多少文化，但常向她讲点关于中国的"文化习俗"。其中一条就是，中国人用打饱嗝对请客吃饭的主人表示感谢。从文化角度讲，这种描述或许还有争议，不过如果去做小说细节，则很精彩。

28

与其提倡作家学者化，不如提倡学者闲暇时也来当作家。俄罗斯的茨普金是一位医学博士，他的小说《巴登夏日》被桑塔格称为上世纪最有价值、写得最漂亮、最具独创性的小说之一。这结论对不对且不说，先看看茨普金的医学博士论文题目吧：《胰蛋白酶化组织的细胞培养形态与生物特性研究》。

29

叙利亚诗人阿多尼斯描述北京友谊宾馆夜晚的诗句：

已经熄灭的宫灯，
伴随着寒风的脚步飘曳；
宫廷中的皇帝们，
似乎只在书本中才死去。

宾馆景色秀丽，

犹如一卷古代的画册……

外国人加诗人，为一家宾馆写了这么美的广告词。

30

读过的关于巴黎的两篇绝妙美文，都出自批评家罗兰·巴特之手：《埃菲尔铁塔》和《巴黎没被淹》。后来又在书店里碰到了这个抢眼的书名：《巴黎烧了么》。内容也足够吸引人。巴黎，真是个话题永无止境的文学之都。罗兰·巴特则是其最恰切的解读者、阐释者。

31

上世纪 20 年代，泰戈尔访问北京，徐志摩接待，在当时是很大的文人雅事；30 年代，萧伯纳到上海只待了十个小时，留下一连串趣闻和争论，鲁迅、瞿秋白就此还编了一本书《萧伯纳在上海》。杜威、罗曼·罗兰从中国回去，都会写出比见闻更深入的文章。如今，交通、通信更发达了，大作家的到访却引不来什么话题。

32

尽管许多俄国作家和评论家都认为陀思妥耶夫斯基的《罪与罚》要比雨果的《悲惨世界》写得好，陀思妥耶夫斯基本人却一再声明，《悲惨世界》在叙事方面要比《罪与

罚》强得多，并且同那些看好他的人争论。（来自《陀思妥耶夫斯基自述·前言》，黄晶忠）

33

俄罗斯文学以及苏联文学，对中国文学的影响，不只是对几代中国作家的创作产生过重大影响，更对中国读者的阅读审美产生过广泛持久的影响。对几代中国读者而言，俄苏文学就是自己文学的一部分而淡忘了是外国文学。比如我们说到高尔基这个名字的时候，说到《钢铁是怎样炼成的》这部小说的时候，会觉得他们仿佛就存在、产生在我们中间。

34

中国现代文学史上的评论大家李健吾，无论他批评茅盾，批评巴金，前提是基于对他们的欣赏，承认他们艰辛的创作和创造的才华。他愿意以一个读者的身份、一种欣赏者的口吻——但又不失平等对话的姿态——对作家作品进行有理有据的分析，论他们的所得所失，谈他们的所长所短，体现出一种令人赏心悦目的批评风范。

当然，前提是面对有价值的作品。

35

如果一个批评者以学富五车、见多识广的腔调，真理在握、立判对错的架势，不容分辩、绝对超然的口吻去评价作品，那同样不是批评的正途。一篇文艺评论文章难以周全，以偏概全时所难免，但评论者应当充分尊重创作者的劳动，在欣赏的前提下产生交流的激情，并依据自己的才学，写出有见地的评论。

当然，前提是面对有价值的作品。

36

理想的文艺评论本身就应当是具有美感的文学作品，应当在灵动中让人体验到热心肠，而不应在威严中看到一副冷面孔。中国文学批评具有久远的体验式、印象式批评传统，现代中国文学史上的批评大家，大多也都是这方面的典范。

37

大量为适应学术评价体系、规则，直白地说是为了晋升职称、获得项目的文学论文在痛苦炮制和出版中。根本没有读者。这些文章、著述给人一个强烈印象是，活生生的文学现象和作家作品，被一大堆生吞活剥的概念肢解得面目全非，不知所云。极端地说是不说人话。但不说人话却似乎并非全无好处，这好处就是：不仔细琢磨，还真不能立刻看出内里的空洞无物。

其他学科也都一样。艾思奇的《大众哲学》放今天，大概连学术成果都算不上。因为不符合论文规范。

38

有力量的批评就是要阐明艺术理想是寂寞的爬坡并甘愿

承担无人理解、远不可能实现的绝望结局，就是要有能力辨识并有限接纳商业的流行文学作品，更要有胆魄拒绝大卖作品。斯蒂芬·金（《肖申克的救赎》作者）的苦恼是：自己的小说拥有无数读者，但批评家认为那是流行小说，是次一等的，最多是"较好的"小说。

39

常被问：作家是如何看待评论家的？

答：每一个相识的评论家个人都可能是好朋友，都有才学，这些评论家加在一起组成的评论界，就被他说得一钱不值了。

又问：评论家又是如何看待作家的？

答：每一位被评论的具体作家都写出了优秀作品，最新的就是最好的，这些被评论的作家集合而成的创作界，则真的不被评论家看好。

40

小说家是否可以用今天的热词去描述昨天的生活？它的效果是更鲜活还是更虚假，这既要看小说的格调，还要看选择的词语。假如说"那时候，生活真的很魔幻"，那还是可以尝试去跟踪一下的。假如说的是"那时候的生活很给力"，则兴味全无。因为"给力"这个词很没劲而且非文学。

41

鲁迅这样形容他记忆中的李大钊："他的模样是颇难形容

的，有些儒雅，有些质朴，也有些凡俗。所以既像文士，也像官吏，又有些像商人。"他还比喻这种商人可以在北京的旧书店里见到。鲁迅的说法准确生动有趣且友好。它还说明，对某人或某物作全面描述的方法，有时不是集中一点，反而是使其多面、"分裂"。

42

比较和比喻的融合。鲁迅曾比喻过陈独秀、胡适和刘半农的为人：

> 假如将韬略比作一间仓库罢，独秀先生的是外面竖一面大旗，大书道："内皆武器，来者小心！"但那门却开着的，里面有几枝枪、几把刀，一目了然，用不着提防。适之先生的是紧紧地关着门，门上粘一条小纸条道："内无武器，请勿疑虑。"这自然可以是真的，但有些人——至少是我这样的人——有时总不免要侧着头想一想。半农却是令人不觉其有"武库"的一个人，所以我佩服陈、胡，却亲近半农。

43

刊物主编都会十分感谢订阅者。鲁迅念及学生刘和珍的因素之一，是认为自己编辑的期刊"销行一向寥落"，"然而在这样的生活艰难中，毅然预定了《莽原》全年的就有她"。我当年在一家刊物工作，主编从订户中发现有一位青年是唯一自费从创刊起订阅本刊的人，于是就接触了解并将其调入，成为本刊编辑。

44

沉默是一种好的表达。鲁迅在父亲弥留之际，奉命向他呼喊，以挽留生命的气息。而父亲的回应却是："什么呢……不要嚷……不……"多少年后，鲁迅这样表达他对父亲的忏悔："我现在还听到那时的自己的这声音，每听到时，就觉得这却是我对于父亲的最大的错处。"

让爱在沉默中表达而不是呼喊！

45

鲁迅考证过北京地名：辟才胡同，乃兹府，丞相胡同，协资庙，高义伯胡同，贵人关。原来其实叫作：劈柴胡同，奶子府，绳匠胡同，蝎子庙，狗尾巴胡同，鬼门关。

现如今，悲剧被写成杯具，洗具替代了喜剧，倒似乎不是出于爱面子的遮掩，而只是一种小小的戏谑。

46

鲁迅的《藤野先生》情真意切。藤野本人在鲁迅去世后才读到这篇散文。但他坦承，自己对鲁迅的记忆很淡薄。不记得送过照片，不记得鲁迅来过家里。只记得为"周君"看过笔记，并知道他志不在学医。他惊讶于鲁迅视自己为恩师。

我从这种"互文"中读出的，是鲁迅的涌泉相报于滴水之恩，藤野的忠实于记忆的诚实、坦然、淡然。

47

何谓"吾爱吾师，吾更爱真理"？章太炎先生去世后，前往送别者不足一百人。上海报纸于是感叹，中国青年对本国学者缺乏必要的热情。鲁迅是章太炎先生的弟子，却对此说并不认同。他以为，太炎先生本是革命家，但他后来却用自己手造和别人所造的墙与时代隔绝，去做宁静的学者，难免被人遗忘。鲁迅还坚持认为，太炎先生在革命史上的贡献比学术史上的更大。

48

什么叫徒有其表的艺术？鲁迅比之为：新瓶子里的酸酒，红纸包里的烂肉。什么叫附庸风雅？鲁迅举例：北京人的大白菜运到江浙，根部系上一根红绳，倒挂起来，改名叫"胶白"。福建的芦荟，运到北京来卖，美其名曰："龙舌兰。"这跟"橘生淮南则为橘，橘生淮北则为枳"并不相同，后者只是水土不同导致的植物差异，前者则是人为地"装扮"之后重新命名，具有较强的矫饰性。

49

鲁迅和徐志摩是骨子里的论敌，看什么问题都互拧，各种格格不入。但这并不妨碍他们在审美上偶尔也会恰好吻合。例：

鲁迅《野草·题辞》："但我坦然，欣然。我将大笑，我将歌唱。天地有如此静穆，我不能大笑而且歌唱。天地即不如此静穆，我或者也将不能。"

徐志摩《再别康桥》："但，我不能歌唱，悄悄是别离的笙箫。夏虫也为我沉默，沉默是今晚的康桥。"

何其相似乃尔！

50

鲁迅与顾颉刚，一对始终的矛盾。"鸟头先生"这个绰号，就是鲁迅送给顾的，还写进了《故事新编》的《理水》里。1927 年，两人在广州中山大学又狭路相逢，矛盾难免升级。顾颉刚不满于鲁迅批评，意欲起诉，对簿公堂，遂致信鲁迅曰：颉刚不知何事开罪于先生……竟作如此强烈之攻击，未即承教，良用耿耿……诚恐此中是非，非笔墨口舌所可明了，拟于九月回粤后提起诉讼，听候法律解决……务请先生暂勿离粤，以俟开审，不胜感盼。

然而鲁迅 9 月 27 日坐船离粤，经香港赴上海去也。只留下一段逸事罢了。

51

风为无物，却和书有关。清风不识字，何必乱翻书，彰显文人的自信、自得与风雅。萧红《回忆鲁迅》里说，鲁迅写作时有个习惯：怕风。因为风从窗吹进来，会掀动稿纸，总需用手按纸，东西就写不好。这一点"风雅"今天就消失了。电脑写作，怕的是停电。手机时代，更怕断网、没有信号。所幸我本人还赶上了用笔写作、铅字印刷的末潮。真的是所幸！

52

左联五烈士中，鲁迅最看中柔石，觉得他身上有台州式的硬气且有点迂，特别欣赏他专注于做自己的小事情。但有一天，鲁迅发现柔石开始表达做大事的志向，不那么踏实了。原因呢，鲁迅发现他身边多了个女友：冯铿。柔石的急于事功，与女友的介入直接有关。关于冯铿，鲁迅说："我疑心她有点罗曼蒂克，急于事功；我又疑心柔石的近来要作大部的小说，是发源于她的主张的。"但也又说："但我又疑心我自己，也许是柔石的先前的斩钉截铁的回答，正中了我那其实是偷懒的主张的伤疤，所以不自觉地迁怒到她身上去了。"不过鲁迅对冯的印象一般是真的，觉得"她的体质是弱的，也并不美丽"。

53

30 年代初，有个激进的革命文学社团叫太阳社，他们对鲁迅攻击较多。一次，该社成员钱杏邨发表文章《死去了的阿 Q 时代》，对鲁迅又一通批判。鲁迅未予回应。原因有四，其中一条是：鲁迅收到一封匿名信，信上说，作为个人，我们都非常敬佩您，但为了时代，我们需要写批评的文章。不管此事真假如何，30 年代的文坛趣味惹人喜欢。

54

编完《鲁迅箴言新编》后，我曾经打算编一本另类《鲁迅辞典》，内容有二：一是《鲁迅全集》里没有，但鲁迅的友人亲人学生等在回忆录里提到的鲁迅话语。不少还是很有参考价值的。二是多年来人们当作鲁迅的话引用，鲁迅却未必说过、至少找不到出处的"鲁迅名言"。编这个有难度，却有必要。很多人都遭遇过现编讹传的"鲁迅名言"。我曾经就遇到这么一位长者，他总强调作家要像打深井一样深入生活。道理当然是不错的，我很赞同。但他说鲁迅说过，生活就是一口井，作家要深挖。可是这个比喻一直找不到出处。

55

中国人描画鲁迅，过分注重鲁迅的板寸、横眉以及倔强的胡子。内山完造的文章《美妙如那眼》却说："能让日本来的人大发一通感慨的便是那双眼睛。他有着一双异常清澈的眼睛，经常可以在各处听到人们对这双眼睛的评价"；"那是一双极其清澈、敏锐而又充满了温情的眼睛，无论是谁看到都要对此感叹一番"。

56

鲁迅留学仙台医专时，曾经发生过一次"漏题事件"，即有人认为藤野漏题给鲁迅，才使其考试合格。其实鲁迅唯一不及格的解剖学恰是藤野所教。此事可阅读一本叫《鲁迅与仙台》的书。此书以日本学者文章为主。

以下是鲁迅当年在仙台医专的那次成绩单：解剖学 59.3 分，组织学 73.7 分，生理学 63.3 分，伦理学 83 分，德语 60 分，物理 60 分，化学 60 分，平均 65.5 分，全班 142 人他第

68 名。要知道这是在都是日本学生的班级里，鲁迅的这个中等成绩的确足以引起日本学生嫉妒。我围绕鲁迅与藤野交往，曾写成文章《一段情谊引发的歧义纷呈》，可助理解当时的背景及人与事。

57

不服输让人奋进，怕失败让人保持努力。后者需要把虚荣心转化为力量，前者需要在力量中拓展胸怀。不服输是意志，输得起是境界。鲁迅说："优胜者固然可敬，但那虽然落后而仍非跑至终点不止的竞技者，和见了这样竞技者而肃然不笑的看客，乃正是中国将来的脊梁。"

说到容易，做到很难。做到"肃然不笑"也非易事。

58

鲁迅深爱并孝敬自己的母亲。为了母亲，他甚至接受和朱安结婚。在致友人信中，鲁迅表达大意如下的情绪：我愿如一只狼，做一个战士，大胆前行。受伤了，舔一舔自己的伤口，继续战斗。但我还有一位母亲，她很爱我，希望我平安。于是我失去了前行的勇气，只好在北京写作教书，度自己灰色的人生。

59

我们都知道鲁迅提倡"韧性的精神"。但他讲述这种精神时，举到的例子是天津的青皮。这种人靠欺诈弱者、拐骗别人生活。鲁迅在演讲《娜拉走后怎样》中说："世间有一种无赖精神，那要义就是韧性。"他说："天津的青皮，就是所谓无赖者很跋扈，譬如给人搬一件行李，他就要两元，对他说这行李小，他说要两元；对他说道路近，他说要两元；对他说不要搬了，他说也仍然要两元。青皮固然是不足为法的，而那韧性却大可以佩服。"

60

鲁迅先生嗜烟却并不好饮酒。但有一回，1926 年，他坐火车离开北京，路过天津、上海去厦门开启新的生活。途经江南，他居然喝了二两"高粱酒"，更竟然认为比北京的好。因为，这酒有"生的高粱的味道"，回味时令人产生"躺在春雨过后的田野"的感觉。真是美妙的赞酒词！

61

五年前，重新编印《鲁迅演讲集》，编辑要求在演讲文章后面附上一则感受、点评及绍介文字。这一工作进一步印证了好文章每读都会有新收获。鲁迅的第一篇演讲是《娜拉走后怎样》，第二篇是《未有天才之前》。每有热点话题和新话题，鲁迅总是追问"之后"怎么办和"之前"应该有什么。这不是在寻找"花边"，而是探寻更深广的背后成因，判断未来的结局。

62

一个人的名字变得伟大有很多标志。对"伟大的鲁迅"

而言，标志之一就是你不能将之替换为"伟大的周树人"。尽管这是鲁迅最重要的两个名字。当年藤野读到日文版《鲁迅选集》的时候，激动地说：这就是周君啊，竟变得这么出色了！其实，鲁迅除去有一百四十多个笔名外，还有一长串名字。1881年他出生时，家里正好来了一位客人，姓张，祖父认为是客人带来的好运，故起乳名阿张，后改正式点儿的叫樟寿。即至上学，起学名豫山，结果有同学借此给他起外号"雨伞"，祖父又改其名为豫才。即至十八岁到南京水师学堂上学，一位本家叔父正在此教书。该叔父认为，周家是官宦耕读之家，怎么能有当兵的入族谱呢？遂为其改名周树人。1918年，《狂人日记》要在《新青年》发表，主编陈独秀、胡适早有要求，不得用笔名发表作品。而其时，周树人有两个常用笔名：迅行、令飞。于是作者就将"行"字去掉，前加母亲姓氏"鲁"，结果鲁迅一名从此确定。作为社会职业身份的周树人、作为文学家思想家的鲁迅，一个是被迫接受，一个是偶然获得。其他由家族权威起的名字却皆成"附属"。伟大的名号，就这样和不经意相联。"鲁迅"这一名字，生者只用了十八年，却成不朽！

颁奖词的写法

为了推出好作品，人们想尽一切办法，文艺评奖就是重要抓手。我们习惯于看到，不管是什么奖、谁主办、什么范围，凡有评奖都有评语，评语大都是夸赞有加，而且尽量写得诗意抒情，找不到作品还有哪些不足的地方。也是，既然给了奖，就应让获奖者兴高采烈，充满感激，又怎么能用找出毛病的口吻，加上指出不足的文字送给对方呢？这用意充满善意，符合共同认定的"职业伦理"。

可是，艺术作品有优劣，优秀作品也自有其局限、缺点、不足、遗憾，不可能十全十美。评委在评奖中坚持好中选优，有时也难免感觉到，优秀不够或不够优秀，而出于鼓励尽力选拔。那么，获奖评语能不能提一下作品尚还存在的不足呢？提了是不是就对创作者造成不悦甚至伤害呢？

我曾经到延边参加过一个文学颁奖活动。评奖结果分大奖及金银铜奖四等。颁奖前，由评委会主任——一位当地大学的文学教授以报告形式对获奖作品进行点评。让我意外的是，这位教授对获奖作品点评时，重点讲述作品的优点，以给出获奖理由，但也不时指出获奖作品的局限、不足。

比如对唯一获得大奖的作品，报告指出：虽然其中有些模仿痕迹，但达到了文学治愈人类痛苦的目的。对另一部获铜奖的作品，又在给出获奖理由后指出：但因作品设定的社会空间模糊，缺乏逼真细节，所以只能授予铜奖。对其他一些作品，也时有类似结论。

评委们似乎并不打算拿出权威架势不容辩驳。在报告的结尾，用较长的文字指出，对艺术作品的理解评价不一定能完全一致，我国古代文论有"诗无达诂"说，这同朝鲜族的俗语"黄瓜倒着吃也是食客的选择"是相近的意思，本次文学奖的评审也是这样。说得真好。

人们现在对文艺批评中的只说好不说坏，只讲优点不指缺点诟病很多，对各种排行榜、收视率的数据造假深恶痛绝。因为很多人根据这些进入欣赏后，常常会发出失望的声音，甚至对所有之前获得的推荐信息，在准确性、可信度、认知度上提出批评和不满。文艺评奖的规范、严肃、公正，让文艺评奖成为公众文艺欣赏的重要选择渠道，也有许多需要提升的地方。改变颁奖词的写法，不回避获奖作品存在的缺陷与不足，也或者可以是题中应有之义。以为然否？

漫谈群是个好地方

——《读与思》之百期记

　　大小事一遇整数，总感觉有特殊意义。所谓逢五逢十已经很难得了，一旦逾百，则更加难得。我在漫谈群里的小小栏目《读与思》，一不留神，居然也达到了一百期。

　　网络手机时代，可交流的工具以及发布信息的平台太多了，花样不断翻新又互相交替存在，让人目不暇接。我开有新浪微博，十年累加的个人微博，竟然还整理出版了一本小书：《文字的微光》。也有腾讯微信，虽然不频繁，但时而也会发一发朋友圈。加入政协读书漫谈群还不到半年，越来越体会到它的特别之处。它具有其他媒介不具备的优势，值得珍视。

　　一、与在报刊上发表文章相比，漫谈群充分体现了新媒介的优势，一条信息、一篇文章一旦发布，即有反馈，这对于一个写作者来说还是充满了喜悦的，也充分体现了文字本是交流工具的性质。要知道我们在报纸或刊物上发表一篇文章，有时甚至激不起一点反响的涟漪。即使是同期或者同一个版面的作者见了面，也懒得提起或交流相关的事情。每个人都会有一种心理暗示，不就是发了一篇文章吗，有什么可嘚瑟的。然而漫谈群的朋友相遇，最津津乐道也最热烈"漫谈"的，似乎就是本群的各种大小话题，而且还滋生出、衍生出许多其他谈资。

二、与微博相比，漫谈群的交流对象都是具体的、可信的，实名制是必须的，不但实名，即使是完全陌生的名字，也后缀着所从何来，让人感到是见字如面的交流，亲切，踏实。我们在微博里虽然看上去有众多的所谓的粉丝，事实上，发布信息的有效性并不高，真正关注你的人是非常有限的，一些不着边际的留言、评论也颇显诡异，有时觉得远在天边，又难免怀疑近在眼前，还有时连有无"此人"都是个问号，僵尸粉甚多。由于渐渐缺少心目中的交流对象，所以很多话语也是碎片式的，稍纵即逝，化为乌有。

三、与微信朋友圈相比，在漫谈群里发言，有一种既在新媒体平台上自由交流，又感觉是在从事一项有组织、有秩序的工作。到一个信息平台上去发布信息、发表文章，与认识的不认识的朋友（委员）交流也是一项工作，也是一种履职，参与多了还是优秀履职，这大概只有政协的读书平台才会有的情形吧。

漫谈群里有专业讲解，也有问答互动。有诸如文物、古琴、交响乐的系列讲座，也有影视、综艺、戏剧的创作经验分享；有关于军事、外交、科技、社会文化的战略参考，也有《易经》、诗词、出版、阅读的感悟、故事。鼓励发言，也允许潜水，庄谐并行，促气氛活跃，包罗万象，又秩序井然。发言、交流、互动的表达方式不拘一格，长短不限，鼓励原创，欢迎推荐，链接也可。

这是一个开放的空间，天天在线被视作模范但不是所谓大V，新人路过打个招呼，同样有故友重逢、热烈欢迎的不亦乐乎。这里逐渐形成一种独特的交流格式"小文体"，但绝不强制要求成为"官方语言",甚或排斥其他"语种"。

群主,漫谈群的新老群主,有点像一座公寓楼里的楼长,既是由组织指定,也得到群众认可;来自上级信任,发自内心热情;既是有一定掌控力的管理者,也是辛苦约稿,鼓励人、招呼人,甚至恳求人"入伙"的"店小二";既有公共管理上的层级感和权威性,又有平等交流的亲切感和亲和力。群主这种认真负责、不领特贴的领导方式,也是一种值得推广的新媒体管理形态。我每在线上线下见到他们,总仿佛觉得其左臂上闪烁着红袖箍,既热情指路,也文明监督。

2020 年 11 月 15—16 日随记于昆明旅次

后　　记

　　这本书的出版是一次意料之外的收获。文章集合到一起后，甚至有一点恍惚：这是我写的吗？从来没有计划过，也没想到，不过只是半年时间，突然生长出这么多的文字。

　　虽然已经出版过好几种文章合集的书，但这一本却格外特殊。它带着特别的热度，每一篇文章的后面仿佛都闪动着关注的目光，都有热情的鼓励的话语在发声，文章与文章之间也在热烈地进行着对话。它们是鲜活的，也是跃动的，甚至有的还是有故事的。这让我感到非常亲切，也有特别的欣喜。当然，更多的是感谢。

　　感谢全国政协的读书平台。我赶上了政协工作创新之举的实施。从去年下半年开始，我进入全国政协履职平台的读书群，从浏览各种专题的读书交流，到参加委员读书漫谈群的各类讨论，有一种川流不息、热闹非凡的感觉。直到8月份，为了使自己的发言有一点特定的标识，也督促自己能保持经常"发言"的状态，于是临时起了个栏目名称"读与思"，以貌似专栏的形式开始发布一些言论。这些言论，短则几百字，长则千余字。主要以自己的读书、思考为主，也有一些更显超脱的小感触、小遐思，还有一些经典作家的小故事。虽不能说保证每天一篇吧，总结起来也还真就差不多。从去年8月到今年3月，大约二百天，居然发布到了"读与思之一八〇"。期间，几乎每一天早上醒来，都有一个迫切需要完成的任务，就是到漫谈群里去发布自己的"作品"。由被动强迫自己，逐渐演化成主动要求自己。于是，本来可以放松的夜晚，或可以偷懒的早晨，都变得格外繁忙。真正是应了那句比喻：时间就是海绵里的水，不用也就挥发了。也想仿用一下那句话，我只不过是把别人喝咖啡的时间用来上漫谈群啦。没有政协读书群的创设，就没有这些"读与思"的日积月累，这是重要前提。

感谢所有的督促、鼓励与互动。本来，我私心里认为，读书是一件很个人化的事，每个人趣味、选择、目的、专业都不同，交流读书不过是各自的道理重复和理念空转罢了。但在读书漫谈群，逐渐地感受到一种真切的交流氛围。以我自己的感受为例，每当一则短文在早上发布，即刻就会得到同一群中的书友们的留言与互动。他们中有平时熟悉的老友，也有在此神交的新朋。最重要的是，我们平常写个文章，要冷却半个月甚至更长时间才有可能与"读者"见面。而发表后的文章，多半像扔到冷水里一样，继续冷却。因为无论跟什么人见面，极少有人会提到读到了你的文章。写作是寂寞的，这当然是合理的，但是从写作到发表全流程都是寂寞的，那就不无悲凉之感了。也是，现在大家都是写手，都在手机上读"印刷体"文字，谁又有必要非得向所谓专业的写作、成篇的"作品"致敬呢。然而政协读书漫谈群带给人一种交流的快乐，一股呼应的热流。这些互动里，有谐趣，有玩笑，有追问，有补充，有认同，有纠正，总之都是热情的鼓励，都是相互的欣赏。为了达成这样的效果，组织者和群主们可谓是掏心费力，奉献颇多。在此，我要特别感谢叶小文、刘晓冰，感谢吴尚之、丁伟、阎晓宏、朱永新，感谢在群中交流的各位书友，我的长短不一的文字，都是在他们的鼓励下写出的。没有在群中相遇的书友们的互动、支持，没有这种合力促动，这些文字多半是不会有的。

感谢中国文史出版社的认可和支持。今年初，我刚刚在全国政协所属的这家出版社出版了评论随笔集《凭栏意》。几乎是同时，又得到了出版我在漫谈群专栏文章的约稿。这也在很大程度上促动了这些文字的出笼。到今天，一百八十则的规模已近二十万字，我又从其中选出一百余篇形成了这本集子。这些文章，文体大约勉强算作随笔，因为是有具体语境来发布的，所以文章的格式、体例不求一致，所谈大多直接、快捷，也在很大程度上调整了自己的文字表达方式。因为要适应读书漫谈的氛围和要求，有时还要呼应正在开展的话题讨论。内容也比较博杂，有一种"战地评论"的急促感和评说话题的灵活性。有的则是自己刻意去完成的小系列，以保持发布频率的秩序。这里需要说明的是，有些话题，在漫谈群里发布时是一天一则，到这里就整合成了一篇文章，不过依然保留了必要的小标题，可知它们是串接而成的。比如关于钱锺书《宋诗选注》序的评说，就分了五个话题；关于电视剧《装台》的评论也是如此。中国文史出版社的编辑为这些文章的分类、整合及校订做了大量工作，感谢他们的辛苦付出。同时，本书的出版更是得到了全国政协及文化文史学习委员会领导的关心支持，在此要特别致以感谢。

读书总在进行时，写作依然无穷期。为了耕好读书这块田，有必要把自己想象成一头老黄牛。所不同的是，耕种的收获与回报可以自己分享，这是老黄牛无法得到的。做一个人，一个读书、写作且时与书友分享的人，总有快乐相伴。

作　者

2021 年 4 月 14 日

图书在版编目（CIP）数据

读与思 / 阎晶明著. －－北京：中国文史出版社，
2021.10

（全国政协委员读书笔记）

ISBN 978－7－5205－2949－5

Ⅰ．①读… Ⅱ．①阎… Ⅲ．①随笔－作品集－中国－
当代 Ⅳ．①I267.1

中国版本图书馆 CIP 数据核字（2021）第 083646 号

责任编辑：薛未未

出版发行：**中国文史出版社**

社　　址：北京市海淀区西八里庄路 69 号院　　邮编：100142

电　　话：010－81136606　81136602　81136603（发行部）

传　　真：010－81136655

印　　装：北京新华印刷有限公司

经　　销：全国新华书店

开　　本：880×1230　1/32

印　　张：10　　　　字数：150 千字

版　　次：2021 年 10 月第 1 版

印　　次：2021 年 10 月第 1 次印刷

定　　价：68.00 元